Veronika Ederer

Das Volk
der Bergwälder

Teil 1 – Nicht Krieg, nicht Frieden

Veronika Ederer

Das Volk der Bergwälder

Teil 1 – Nicht Krieg, nicht Frieden

Bibliografische Information der Deutschen Nationalbibliothek:
Die Deutsche Nationalbibliothek verzeichnet diese Publikation in der Deutschen Nationalbibliografie; detaillierte bibliografische Daten sind im Internet über http://dnb.dnb.de abrufbar.
Die automatisierte Analyse des Werkes, um daraus Informationen insbesondere über Muster, Trends und Korrelationen gemäß §44b UrhG („Text und Data Mining") zu gewinnen, ist untersagt.

Verlag: BoD • Books on Demand GmbH, In de Tarpen 42, 22848 Norderstedt
Druck: Libri Plureos GmbH, Friedensallee 273, 22763 Hamburg
ISBN: 978-3-7597-8437-7

Meiner Freundin Judith gewidmet,
meiner ersten und geduldigsten Testleserin!

INHALTSVERZEICHNIS

I

In den Sacramento Mountains, New Mexico (©VE)

Namen der wichtigsten handelnden Personen (1873)

Mescalero / *Nii't'ahééde*

Santiago / Ko ʔìgą̀` - Tötendes Feuer (Krieger, 32 Jahre)

Keh – Still (Waisenkind, 5 Jahre)

Bewohner der Ranch

Eve Rawford / *Hàcké'isdzą́ą́* (Ich-Erzählerin, Wütende Frau, 28 Jahre)

Karen & Sebastian (Eltern von Eve, 49 & 50 Jahre)

Maria (mexikanische Haushaltshilfe, 55 Jahre)

Francis (Vorarbeiter, 27 Jahre)

Lawrence (Cowboy, 26 Jahre)

Chess (Cowboy, 62 Jahre)

Siedler / Soldaten

Randolf Collins (Storekeeper, 29 Jahre)

Major Rolfe (Kommandant im Fort Stanton, 38 Jahre)

Annabelle (Rolfes Schwester, 25 Jahre)

Rosanne Eden (Siedlerstochter, 19 Jahre)

Historisch belegte Personen

General Christopher „Kit" Carson (1809-1868)

Major William Redwood Price (1836-1881)

Superintendent Edwin Dudley (1842-1913)

WAS WÄRE WENN...?
EINE HISTORISCHE EINLEITUNG

Die Handlung dieses Romans ist frei erfunden. Mit Ausnahme weniger historischer Personen sind alle Frauen, Männer und Kinder der Mescalero und Siedler ein Produkt meiner Fantasie, durch jahrelange Recherche gestützt. Die Begegnung des Kriegers *Ko ʔìgą̀* mit einer amerikanischen Frau ist nie so geschehen.

Doch – was wäre, wenn...? Wäre es nicht möglich gewesen, dass eine ähnliche Geschichte hätte stattfinden können? Freundschaftliche Kontakte zwischen Apachen und den europäischen Siedlern hat es nachweislich zu allen Zeiten gegeben.

Der historische Rahmen im Roman entspricht weitestgehend den Tatsachen. Das Gebiet des heutigen New Mexico, in dem diese Geschichte spielt, war in voreuropäischer Zeit von einer Vielzahl indianischer Gruppen bewohnt. Die prähistorischen Pueblo schufen ab etwa 500 n. Chr. großartiges Kunsthandwerk und eindrucksvolle Stadtanlagen. Während einer längeren Dürre ab 1130 n. Chr. wurden ihre Siedlungen allmählich verlassen. Die Menschen errichteten neue Dörfer aus Lehmhäusern vor allem entlang des Rio Grande, wo sie auch lebten, als die ersten Europäer – die Spanier – die Region betraten. Die Spanier nannten sie deshalb „Pueblo", und damit „Volk" oder „Dorf".

Ab ungefähr 1400 n. Chr. wanderte eine andere indianische Sprach- und Kulturgruppe aus dem westlichen Kanada stammend in den nordamerikanischen Südwesten ein. Diese, von den Spaniern später als „Apache" bezeichneten Menschen lebten zunächst als Jäger und Sammler und bildeten verschiedene regionale Untergruppen. Die Mescalero Apachen, von deren Geschichte dieser Roman hauptsächlich handeln wird, hielten sich den ersten Quellen der Spanier zufolge in den Bergen des südöstlichen New Mexicos auf.

Die Spätankömmlinge im Südwesten passten sich rasch an das gebirgige, heiße und trockene Land an. Einige Apachen im heutigen Arizona übernahmen von den Pueblo den Maisanbau und lebten zumindest zeitweise in Dörfern. Die ebenfalls zu den Einwanderern gehörenden Navajo begannen nicht nur mit dem Anbau, sondern lernten auch die Weberei von den Pueblo und die Schafzucht von den Spaniern. Außerdem handelten alle Gruppen untereinander, und bisweilen überfielen die Apachen die sesshaften Pueblo.

Die ersten Spanier trafen 1541 in den südlichen Plains auf Apachengruppen und bewunderten vor allem deren Fähigkeit, sich in dem Land zurechtzufinden. Etwa 50 Jahre später nahm der Entdecker Juan de Oñate das Gebiet „Nuevo Mexico" für Spanien in Besitz, und immer mehr Siedler strömten in die Region. Die zunächst friedlichen Kontakte mit den Ureinwohnern verschlechterten sich bald, nachdem die Europäer zunehmend mehr Wild schossen, Wasserstellen in Besitz nahmen und auf Sklavenraubzüge gingen, um Arbeitskräfte für ihre Landgüter und Bergwerke zu bekommen. Die Apachen antworten auf die Feindseligkeiten mit Überfällen und Plünderungen der Niederlassungen.

Strafexpeditionen der Spanier waren in dem weiten Land fast wirkungslos, und Friedensabkommen und Verträge hielten meist nicht lange. In den nächsten Jahrzehnten drängten die Apachen die spanische Besiedlung immer wieder zurück. Der ständige Kriegszustand führte dazu, dass die meisten Apachen den Feldbau gezwungenermaßen aufgeben mussten. Der Raubüberfall wurde Teil der Lebensgrundlage.

Ab 1810 kämpfte das heutige Mexiko im Unabhängigkeitskrieg gegen Spanien, der erst 1821 beendet war. In dieser Zeit wurden viele Soldaten von der nördlichen Grenze des Reiches abgezogen, und die Apachen verstärkten ihre Kriegszüge, ebenso während des Mexikanisch-Amerikanischen Krieges 1846-1848.

Nach 1848 fielen die nördlichen Provinzen Mexikos an die Vereinigten Staaten von Amerika, so auch das Territorium New Mexico. Vor allem kurz vor und nach dem Amerikanischen Bürgerkrieg 1861-1865 wurden Postkutschenrouten und die ersten amerikanischen Niederlassungen errichtet. Eine steigende Anzahl an Siedlertrecks durchquerte das Gebiet, welche von den Chiricahua und Mescalero Apachen immer weniger geduldet wurden.

Nach mehreren militärischen Aktionen willigten die Mescalero Apachen 1855 ein, sich in einem nicht genau definierten Reservat im südlichen New Mexico bei Fort Stanton einzufinden. Mexikanische und amerikanische Bürgermilizen machten den Apachen das Leben schwer, sodass diese wieder in die Berge flohen. Von 1862-1865 wurden zahlreiche

Mescalero in das Reservat Bosque Redondo bei Fort Sumner deportiert. Ab 1873 legte die US-amerikanische Regierung die Grenzen der Mescalero Reservation erstmals fest – in diesem Jahr beginnt unsere Geschichte.

****

Die Namen der Apachen und verschiedene Bezeichnungen in ihrer Stammessprache mögen auf den ersten Blick ungewöhnlich sein. Die Begriffe sind aus dem vierbändigen Lexikon des Mescalero Apache Tribes[1] entnommen, das ich in der Bibliothek in Mescalero einsehen durfte. Publiziert ist es nur für Stammesmitglieder erhältlich, weswegen es nicht in der Literaturliste aufgeführt ist. Die Benennung *Nii't'ahéõde* bezeichnet dabei eine Untergruppe der Mescalero, die sowohl in den Sacramento Mountains in New Mexico als auch in den Guadalupe Mountains in Texas gelebt hatte.

Die Sprache der Mescalero, Chiricahua und Lipan Apachen gehört zu den Schwierigsten des nordamerikanischen Kontinents und enthält zahl-

---

[1] NDÉ BIZAA' I (DÁÃE'É) - An Introduction to Mescalero Apache Language Phrases.

reiche, für Europäer ungewohnte Laute. Die Aussprache der verwendeten Namen ist entsprechend fremd. So wird der Buchstabe ʔ als stimmlos gebildeter Verschlusslaut gesprochen. Der Buchstabe „à" wird als tiefes „a", der Buchstabe „á" als hohes „a" gesprochen. Ein „õ" wird steigend und fallend gesprochen, ein „ ́" im Wort zeigt die Hauptbetonung an. Alle anderen Vokale werden ähnlich wie im Deutschen ausgesprochen.

Ich möchte mit der Verwendung der Worte sowie mit der möglichst genauen Beschreibung der Kultur der Mescalero Apachen meinen tiefen Respekt vor ihrer Geschichte, ihrem Überlebenskampf und ihrer Anpassungsfähigkeit ausdrücken.[2] Für jeden Tag, den ich in ihrem Land verbringen durfte, bin ich unendlich dankbar.[3]

---

[2] Für Interessierte findet sich eine Liste mit weiterführender Literatur am Ende des Buches.

[3] Um sowohl die damaligen Lebensumstände als auch die Schönheit des Landes zu verdeutlichen, habe ich Fotos meiner Reisen eingefügt.

DANKSAGUNG

Keine Person schreibt ein Buch völlig allein. Deshalb möchte ich allen sehr herzlich danken, die mich mit ihren positiven Rückmeldungen ermutigt haben, diesen Roman zu veröffentlichen: allen voran Maren Bayerl, Ilse Ederer-Pongratz, Sandrina Lanz und Corina Gloor!

Ich danke Michelle Lanz sehr für ihre Unterstützung bei der Gestaltung des Buchtitels und bei der Bildbearbeitung.

Vor allem in New Mexico danke ich meinen Freundinnen und Freunden für die unzähligen schönen Stunden, ungewöhnlichen Erlebnisse, faszinierende Einblicke und für das Vertrauen – in Albuquerque, Santa Fe, Fort Sumner, Roswell, Lincoln, Ruidoso und Mescalero - **'ixéhe**!

Küche eines Ranchhauses um 1880, National Ranching
Heritage Center, Texas (©VE)

1. Sand und Sonne

Ein Erlebnis als kleines Kind ist mir bis heute in Erinnerung geblieben. Ich war vielleicht vier Jahre alt, als sie kamen; fünf, sechs Männer auf kleinen, zäh aussehenden Ponys, mit langen Holzbögen, stiefelähnlichen Mokassins aus Leder und Stofftüchern, die sie um die Stirn geschlungen hatten. Ich weiß noch, dass sie alle dunkles, schulterlanges Haar hatten und außer einem Lendenschurz aus Leder, breiten Stoffgürteln und ihren Schuhen keine Kleider trugen. Sie ritten langsam auf unser Hoftor zu, der immer wehende Wind wirbelte den Sand unter den Hufen ihrer Pferde auf und blies ihn allmählich in unsere Richtung.

Aus irgendeinem Grund, den ich damals nicht verstand, ließ mein Vater die Axt sinken, mit der er das trockene Holz spaltete, und meine Mutter kam hastig aus dem Haus gelaufen, um mich hochzuheben, die ich auf der Veranda mit Stöckchen und Steinen spielte. Unsere zwei Landarbeiter, hagere Männer mit dunklen Vollbärten, sahen von ihrer

Arbeit auf und griffen zu den Gewehren, die sie an den Schuppen gelehnt hatten.

Die Männer auf den Pferden hielten ein paar Schritte vor unserem Holzzaun, ihre Pferde scharrten nervös mit den Hufen. Meine Mutter hatte mich längst hochgerissen und blieb, mich ängstlich an sich gedrückt, an der Ecke der Veranda stehen. Mein Vater stand nun auch mit einem Gewehr bewaffnet im Hof und wartete. Die Sonne warf kurze Schatten, es war früher Nachmittag, und die Hitze lastete bleiern über dem Land.

Schließlich bewegte sich einer der Reiter, er trieb sein Pferd kurz an und ritt durch unser Tor. Dann blieb er stehen, hob eine Hand und sagte etwas zu meinem Vater. Ich verstand es damals nicht, da ich zu weit entfernt war, und der Reiter nur gebrochen Spanisch sprach. Ein paar Augenblicke vergingen, dann nickte mein Vater und deutete auf den Wassertrog vor dem Schuppen, an dem wir unsere Pferde tränkten. Meine Mutter zuckte heftig zusammen, als der Reiter sich näherte, und hinter ihm setzten sich die anderen Männer in Bewegung. Sie ritten zum Trog und ließen die Pferde trinken, während unsere beiden Arbeiter in einiger Entfernung nervös und lauernd warteten.

Mein Vater schritt nun langsam auf meine Mutter zu und sagte zu ihr:

„Sei so gut und bringe den Männern Kaffee."

Meine Mutter wich ängstlich zurück und erwiderte:

„Es sind Apachen, das weißt Du?"

„Natürlich, aber sie kommen nicht als Feinde. Wenn wir hier in dem Land leben wollen, dann sollten wir sie nicht gleich bei der ersten Begegnung erschießen."

Meine Mutter antwortete nicht mehr, sondern drehte sich um und schritt mit mir durch die Türe in unser Haus. Dort setzte sie mich in eine Ecke des Raumes und holte die heiße Kaffeekanne vom Herd.

„Du bleibst im Haus!" sagte sie streng, als ich aufstehen und ihr folgen wollte. Doch sie schloss die Türe nicht, als sie wieder auf die Veranda trat, und so konnte ich, am Türrahmen stehend, hinausblicken.

Mein Vater hatte frisches Maisbrot vom Tisch auf der Veranda geholt und in Stücke gebrochen. Nun bot er den Männern das Brot an, während meine Mutter mit zitternden Händen den starken, schwarzen Kaffee in Blechtassen goss. Ich konnte sehen, dass die Reiter überrascht waren, das Brot und den

Kaffee aber gerne nahmen. Während sie aßen, blickte sich der Mann, der gesprochen hatte, zum Haus um und sah mich in der Türe stehen. Er fragte meinen Vater etwas, und als mein Vater nickte und meinen Namen nannte, lächelte der Mann. Wieder fragte er etwas, und mein Vater versuchte zu erklären.

Später erzählte mir mein Vater, der Apache habe zuerst wissen wollen, ob ich seine Tochter sei, und dann, was mein Name, Eve, bedeutete. Er habe ihm erklärt, dass es der Name der ersten Frau gewesen sei und „Leben" bedeute. Der Apache zeigte sich beeindruckt und versicherte meinem Vater, dass dies ein starker Name für ein Kind sei.

Schließlich gaben die Männer die Blechtassen an meine Mutter zurück, schwangen sich auf ihre Pferde und ritten ohne Gruß aus unserem Tor hinaus. Ich sah ihnen nach, während der aufwirbelnde Sand mir allmählich die Sicht verdeckte, und ich fragte mich, wer oder was Apachen waren.

****

Helles Sonnenlicht durchflutete mein Zimmer, brach durch die Leinenvorhänge und ließ den Staub tanzen. Es war früher Morgen, die Welt war noch still, bis auf den ewigen Wind. Kaum, dass ich die

Augen öffnete, drehte ich mich zur anderen Bettseite, doch dort lag niemand.

In diesen Augenblicken vermisste ich ihn am meisten, aber das Gefühl ging schnell vorüber. Ein Jahr war es nun her, dass er gestorben war, und der Schmerz war längst aus mir gewichen. Wir waren nur kurz verheiratet gewesen, und sogar in der kurzen Zeit war es uns gelungen, uns zu entfremden. Rückblickend war er ein Graben in meinem Leben, über den der Blick ohne Störung hinweg huscht, kein Berg, von dem der Blick widerhallt.

Ich erhob mich langsam, streckte mich und spürte, dass ich kein junges Mädchen mehr war, erst recht nicht in den Augen meiner Eltern. Nach dem Tod meines Mannes war ich wieder auf die Ranch meines Vaters zurückgekehrt, und dort lebte ich nun, als eine Mischung aus Witwe und Tochter, unentschlossen zwischen Vergangenheit und Zukunft.

Ich war 1845 in Kansas City zur Welt gekommen, zu einer Zeit, als am Rio Pecos die Überfälle der Apachen auf die mexikanischen und amerikanischen Siedlungen ihren Höhepunkt erreichten, und kurz vor Ausbruch des amerikanisch-mexikanischen Krieges. Mein Vater hatte drei Jahre später im damaligen Nordosten des New Mexico Territory an den Ufern des nördlichen Rio Pecos ein kleines Stück Land erworben, ein Haus sowie Stallungen erbaut und nach Ende des Krieges meine Mutter und mich nachkommen lassen. Es war dort, wo ich meine erste Begegnung mit den Apachen hatte.

Obwohl alles fremd und neu für mich war – oder vielleicht gerade deswegen – schloss ich das Land augenblicklich in mein Herz. Als kleines Mädchen bezauberte ich unsere Cowboys, und wenn ich nicht zu Hause helfen musste, durchstreifte ich die Flussauen des Rio Pecos, lernte Tiere und Pflanzen kennen und fühlte mich wohl, in der einsamen, sonnendurchglühten Wildnis. In den ersten Jahren meiner Kindheit gab es nur wenige andere Familien in der Nähe, und ich hatte keine Geschwister. So blieb ich meist mit mir allein.

An den Abenden hatte meine Mutter mich Lesen, Schreiben und ein wenig Rechnen gelehrt, da es in meiner frühen Kindheit noch keine Schule im Gebiet gab. Erst später, auf unserer zweiten Ranch, besuchte ich regelmäßig die kleine Schule der nahegelegenen Ortschaft. Das einzige wirklich anhaltende Ergebnis meiner einfachen Bildung war eine ausgesprochene Begeisterung für Bücher. Die wenigen

Bände, die meine Eltern auf dem entbehrungsreichen Weg nach Westen hatten mitnehmen können, hatte ich nach kurzer Zeit gelesen.

Einige Jahre nach unserem Umzug an den Rio Pecos erhielt mein Vater von einem Freund das Angebot, dessen großes Gut weiter südlich am oberen Rio Peñasco zu kaufen. Sein Freund war kinderlos und schwer krank, und er übergab meinem Vater zu einem eher symbolischen Preis den gesamten Besitz. Noch vor unserem Umzug übernahm mein Vater alle fähigen Arbeiter und suchte vor allem einheimische Viehhirten, da sie das Land kannten.

Meine Mutter setzte auf unserer neuen Ranch alles daran, aus mir eine gute Hausfrau zu machen. Ich lernte willig, was sie mir beibringen wollte, aber ich begeisterte mich ebenso für das Reiten und den Umgang mit dem Vieh. Zu ihrem großen Missfallen richtete sich der größte Teil meines Interesses auf das Land und seine Bewohner.

Ich verstand mich gut mit unseren mexikanischen Arbeitern, da ich nicht begreifen konnte, dass man sie aufgrund ihrer Herkunft anders behandeln sollte. Von ihnen lernte ich sehr rasch Spanisch und spielte mit ihren Kindern, da ihre Familien bei uns wohnten. Unsere mexikanische Küchenhilfe Maria brachte mir bei, Tortillas zu backen und mexikanische Heilmittel anzuwenden. Dabei erfuhr ich, dass sie als kleines Kind von Apachen entführt und aufgezogen worden war. Oft hatten wir auch indianische Pferdeknechte, und scheu und zugleich hartnäckig hielt ich mich immer wieder in der Nähe dieser Männer auf.

Obwohl meine Mutter ebenfalls auf einer Ranch groß geworden war, hatte sie das Leben im Grenzgebiet gehasst, seit ich denken konnte. Sie war als jüngste Tochter von sechs Kindern auf einer großen Pferderanch in Kansas aufgewachsen. Das Gebiet hatte vor ihrer Geburt schlimme Kämpfe und Überfälle durch die Osagen durchlitten, und meine Mutter wuchs mit den Erzählungen über die Gräueltaten der Indianer auf. Ihre eigene Mutter war eine ruhige, sanfte Frau gewesen, die sich bei Konflikten innerhalb der Familie krank ins Bett legte. Diese Neigung, sich zu ducken und still zu leiden, hatte sie an meine Mutter weitervererbt.

Als meine Eltern in Kansas heirateten, hatte meine Mutter wohl die Hoffnung gehegt, mein Vater würde dort mit ihr ein Leben in der Nähe einer der wachsenden Städte führen, doch mein Vater hatte nie einen Hehl daraus gemacht, dass er den

Lärm und die Enge der Städte hasste. So waren sie auf ihr erstes kleines Anwesen gezogen, im damals schon recht sicheren Nordosten des New Mexico Territory, in der Nähe von stationierten Truppen und nur in kurzer Entfernung zu einer kleinen Stadt mit Schule, und später auf die größere Ranch.

Das Leben auf der einsamen Ranch, die Entfernung zu einer größeren Siedlung und ihren Verwandten, die Angst vor den hier lebenden Mescalero Apachen, ihr unerfüllter Wunsch von vielen Kindern, den sie aus gesundheitlichen Gründen hatte aufgeben müssen und meine spürbare Abneigung gegen das Leben als Siedlerfrau mochten im Laufe der Jahre dazu beigetragen haben, dass meine Mutter sich mehr und mehr zurückzog und in Schwermut versank. Mein Vater, schon viel früher davon betroffen, ließ es stillschweigend geschehen.

So entfremdete ich mich von meiner Mutter und ging meine eigenen Wege, bis ich schließlich spät aber doch, Anfang Zwanzig heiratete. Mein Mann, ein ehrgeiziger, aber inkonsequenter Kaufmannssohn aus der nahe gelegenen Stadt, zeigte mir nach einer kurzen Phase der Verliebtheit, dass ihm sein Beruf und sein Bekanntenkreis wichtiger waren als ich. Da ich die stille Duldsamkeit meiner Mutter nicht übernommen hatte, entzweiten wir uns schon Monate nach der Hochzeit. Die Nachricht von seinem Tod – er starb durch einen Wagenunfall – war zwar ein Schock für mich, jedoch verging das Gefühl der Leere fast noch schneller als das der Liebe.

Und so kehrte ich mit Mitte Zwanzig auf die Ranch meiner Eltern zurück, wo ich mich ohne besonderen Grund dafür entschied, für den Rest meines Lebens ledig zu bleiben, ein immer besseres Verhältnis zu meinem Vater entwickelte und mir bereitwillig die Führung des Anwesens zeigen ließ. Da ich das einzige Kind meiner Eltern war, würde ich möglicherweise auf die eine oder andere Weise das Erbe antreten, mit oder ohne Ehemann.

****

Meine Begegnung mit den Apachen auf der alten Farm meiner Eltern war nicht die einzige geblieben. Die Geschichten und Spuren dieser Menschen begleiteten mich mein ganzes Leben hindurch. 1855, nur wenige Jahre, nachdem wir auf unsere größere Ranch gezogen waren, waren die Mescalero in ein Reservat bei Fort Stanton gebracht worden, um Farmer zu werden. Mehrfach fuhren wir mit den Wagen nach Fort Stanton, mein Vater, meine Mutter und ich, und immer wieder kamen wir an den Siedlungen vorbei. Ich erinnere mich an die geflickten Zelte und Reisighütten, an die apathisch herumsitzenden Menschen, an den Geruch. Da meine Mutter uns aber voller Widerwillen weiterdrängte, blieben wir nicht stehen.

Ich erfuhr, dass schon im ersten Jahr ein Trupp Männer aus der etwas weiter entfernten Stadt Mesilla die ahnungslosen Apachen auf der Reservation überfallen hatte, wobei acht Menschen getötet wurden. Obwohl die Soldaten gelegentlich zur Stelle waren, um die Mescalero zu verteidigen, griff eine weitere selbsternannte Schutztruppe zwei Monate später erneut ein Apachencamp an und tötete Männer, Frauen und Kinder.

Nur wenige Jahre später hatten die meisten Mescalero die Reservation wieder verlassen. Danach berichteten die Zeitungen immer wieder reißerisch von grausamen Überfällen und blutigen Vergeltungsschlägen in der Umgebung. Meine Mutter weigerte sich, mit dem offenen Wagen zur nahegelegenen Stadt zu fahren, um einzukaufen, und so fuhr Maria mit zwei Cowboys als Begleitschutz los, um Lebensmittel und Stoff zu kaufen. Manchmal, wenn meine Mutter sich mit Kopfschmerzen niedergelegt hatte – oder vielleicht waren es auch andere Gründe – begleitete ich Maria. Wir sahen nie Apachen, und Maria erklärte mir, dass die Menschen sich verborgen hielten und es vermieden, durch einen solchen Überfall die Aufmerksamkeit der Armee auf sich zu lenken.

Auf unserer größeren Ranch, und als ich älter war, begleitete ich an schulfreien Tagen bisweilen meinen Vater und seine Cowboys auf die Weide, gegen den Wunsch meiner Mutter. Obwohl mein Vater vorsichtig und aufmerksam war, verspürte und vermittelte er nicht die gleiche Panik wie sie. Schon früh hatte er mir beigebracht, wenigstens leidlich mit einem Gewehr umzugehen, und mein großes Bowie-Messer trug ich auf der Weide immer bei mir. Er hielt mich nie für wehrlos, vor allem da ich für eine Frau eher kräftig und schnell war.

Bei einem dieser Ausritte bemerkte ich, dass mein Vater eine Anzahl roter Stoffbänder bei sich trug. Als ich ihn darauf ansprach, strich er sich sein schütteres, blondes Haar aus der Stirn und lächelte mir zu.

„Ist dir aufgefallen, dass unsere Ranch noch nie von den Apachen bestohlen wurde?"

„Das habe ich bemerkt, aber ich dachte, wir hätten einfach Glück."

„Vermutlich hatten wir etwas Glück, aber ich habe auch ein bisschen nachgeholfen."

Er hob die roten Bänder hoch. Ich sah ihn verständnislos an.

„Als ich ganz am Anfang hierherkam, versprach mir ein alter Vaquero, dass ich mit den Apachen weniger Schwierigkeiten haben würde, wenn ich den Kriegern ab und zu ein paar Rinder schenkte. Er erzählte mir, dass der frühere Besitzer dieser Ranch genau dies getan habe. Immer wieder, wenn ich auf die östliche Weide reite, markiere ich die Hörner einiger Rinder mit diesen roten Bändern. Einige Tage später fehlen die Rinder, und ich finde die Bänder an einem Ast gebunden wieder. Dann weiß ich, dass mein Geschenk angenommen wurde."

Ich sah ihn lächelnd an. Mein Vater war wirklich ein außergewöhnlicher Mensch, und seine Ansichten waren zu dieser Zeit ebenso außergewöhnlich.

„Wenn ich jeden Monat auf diese Art ein paar Rinder verliere, dann schadet es mir nicht. Ich verliere mehr Rinder durch Kälte oder durch Coyoten, als ich an die Apachen verschenke. Wir leben hier in ihrem Land, und ich finde, dafür sollten wir zahlen."

Als mein Vater an diesem Tag die Bänder an die Hörner dreier Rinder band, warf ich einen Blick auf die weiten Hügel vor mir. Waren dort die Apachenkrieger versteckt, sahen sie uns? Was dachten sie, wenn sie uns beobachteten? Erkannten sie meinen Vater, erkannten sie mich? Wussten sie, dass mein Vater sich ihnen gegenüber so gerecht verhielt wie wohl kaum ein Mensch in diesem Land?

Irgendwie wollte ich teilhaben an dieser seltsamen Situation, und mehr als einmal bat ich meinen Vater darum, wenn es Zeit war, auf die östliche Weide reiten und die Bänder selbst anbringen zu dürfen.

Am Rio Pecos bei Fort Sumner, New Mexico (©VE)

2. KO ʔÌGĄ`

Seit ich etwa vierzehn Jahre alt war, ging ich nicht länger zur Schule, sondern half ausschließlich meinen Eltern auf der Ranch. Meine Mutter missbilligte zwar meine Arbeit im Sattel und in den Stallungen, aber sie zog sich mehr und mehr zurück. Das Land und seine Menschen bekamen zunehmend Einfluss auf mich.

Und so bekam ich auch mit, als 1862 General Carleton mit Hilfe des Scouts Kit Carson die flüchtigen Apachen in das Reservat Bosque Redondo in der Nähe von Fort Sumner bringen ließ. Die Mescalero waren halb verhungert und ein Dreivierteljahr von den Soldaten durch die Berge und Wüsten gejagt worden. Carson war aufgetragen worden, alle männlichen Apachen ohne Gnade zu töten und nur die Frauen und Kinder zu verschonen. Doch er kannte die Indianer und hasste die Vorstellung, sie zu jagen und abzuschlachten. Deshalb kam er diesem Befehl nicht nach, sondern schicke sie, nachdem sie sich ergeben hatten, ins Reservat an den Rio Pecos. Nur wenig später, nachdem die Apachen in

Bosque Redondo ankamen, wurden mehrere Tausend Diné, Navajo, dort ebenfalls interniert, und man erzählte sich, dass sie in Feindschaft mit den Apachen lebten. Obwohl die Mescalero sich Mühe gaben, als Farmer zu leben, machten Dürreperioden ihre Bemühungen zunichte. Das Land war baumlos und unfruchtbar, das Wasser des Rio Pecos alkalihaltig und ungenießbar. Mescalero und Diné töteten einander in Streitigkeiten, und die Stimmung war gedrückt und feindselig.

Im Sommer 1865 schien sich alles gegen die Farmer im südlichen New Mexico verschworen zu haben. Kälte, Hagel, Trockenheit und gefräßige Insekten fielen über die Felder her, der Rio Pecos trat über die Ufer, und da die Lebensmittelrationen für die Bewohner des Reservates schon längst nicht mehr so regelmäßig kamen wie zu Beginn, war die einzige Lösung der Mescalero die Flucht in die Freiheit. Und im Gegensatz zu den Navajo, die noch Jahre in Bosque Redondo aushielten, flohen die Mescalero alle gleichzeitig und verstreuten sich sofort in alle Winde, um den Soldaten die Verfolgung so schwer wie möglich zu machen.

Als ich mit Anfang zwanzig meinen Mann kennen lernte und heiratete, zog ich vom elterlichen

Anwesen fort, weiter in den Norden. In den Briefen, die ich recht regelmäßig von meiner Mutter erhielt, erfuhr ich, dass die flüchtigen Apachen weiterhin Überfälle unternahmen, doch dass unsere Ranch wundersamerweise verschont blieb. Ich wusste auch, dass die Apachen mit der Regierung verhandelten, um ein neues Reservat in ihrem ehemaligen Stammesgebiet zu erhalten.

Und nun schrieben wir das Jahr 1873, ich war im Frühling achtundzwanzig Jahre alt geworden und damit vor allem in den Augen der Nachbars- und Siedlerfrauen eine Frau mittleren Alters. Im gleichen Jahr erhielten die Mescalero ein neues Reservat, zwischen dem Rio Pecos und den Sacramento Mountains, in ihrem traditionellen Stammesgebiet. Die kleine Stadt in unserer Nähe war durch die über den Santa Fe Trail beständig ins Land strömenden Siedler stetig gewachsen. Deren Bedarf an fruchtbarem Land veränderte die Grenzen der Reservation immer wieder.

Seit ich zu meinen Eltern zurückgekehrt war, hatte ich gelegentlich in der Schule als Lehrerin ausgeholfen. Deshalb fuhr ich an manchen Tagen mit dem Einspänner in die Stadt und kam auf diesem Weg an der Abzweigung zur Reservation vorbei.

Oft begegnete ich dort Apachenfrauen, gebeugt unter ihren Tragekörben oder Kindertragen auf dem Weg zur Agentur, wenn sie ihr Kunsthandwerk gegen Lebensmittel eintauschen und so die mageren Lebensmittelrationen aufbessern wollten. Den heruntergekommenen Menschen sah man an, dass sie wenig Nahrung erhielten, und jedes Mal, wenn ich die schmalen Gestalten mit ihren Kindern erblickte, überkam mich eine Welle von Mitleid. Da auch einige Schulkinder von der Krankheit angesteckt worden waren, wusste ich, dass außerdem die Pocken unter den Mescalero wüteten. Zudem kam es immer wieder zu Zwischenfällen mit den weißen Siedlern.

****

Es war ein sonniger Tag, als ich mich an der kleinen Waschkanne in meinem Zimmer wusch, mir mein Arbeitskleid anzog und in leichte Schuhe schlüpfte. Mein hüftlanges dunkelblondes Haar steckte ich mit wenigen Griffen hoch und verließ mein Zimmer. Aus der Küche wehte mir der Geruch frischgebackener Tortillas entgegen, und ich hörte meinen Vater sprechen. In der Türschwelle zur Küche traf ich Maria, die meinem Vater Frühstück bereitete und mich lächelnd begrüßte. Ich setzte mich an den

Tisch und bekam von ihr sofort einen großen Becher Kaffee sowie frisches Maisbrot und Rauchspeck vorgesetzt. Meine Mutter, ihr rotbraunes Haar mit einem hellen Tuch zurückgebunden, flocht die gerade geernteten Zwiebeln zu Zöpfen. Ihr Gesicht war ungewöhnlich heiter.

Während ich aß und trank, trat Francis, unser Vorarbeiter, ein und nickte meinem Vater zu. Mein Vater erhob sich vom Tisch und sagte erklärend zu mir:

„Während des Gewitters heute Nacht sind drei Kühe am Steilufer abgestürzt, wir mussten sie erschießen. Ich muss sehen, was ich mit den Tieren tun werde – unsere Vorratsräume sind voll. Eine Kuh werde ich unseren mexikanischen Arbeitern schenken, sie waren die ganze Nacht draußen. Aber die anderen beiden...?"

Ich nickte gedankenverloren. Notfalls konnte man das Fleisch der Tiere räuchern und als Notmahlzeit für die Weidearbeiter behalten. Doch unsere Vorratsräume und die Räucherkammer waren fast gefüllt. Vielleicht könnte man ein Fest geben und Nachbarn einladen.

Mein Vater ging hinaus und schloss die Türe, und ich ließ meine Gedanken wandern. Da ich heute nicht unterrichten musste, würde ich im Haushalt helfen. Morgen war Waschtag, und dafür waren einige Vorbereitungen nötig. Doch plötzlich hatte ich einen Einfall. Ich trank hastig den Rest Kaffee aus und schluckte den letzten Bissen Maisbrot, dann stellte ich Maria Tasse und Teller auf die Anrichte und folgte meinem Vater hinaus auf den Hof.

Gleißendes Sonnenlicht umfing mich, als ich auf die Veranda trat. Obwohl noch früh am Morgen war es schon recht warm, und der Wind trieb kleine Sandwölkchen vor sich her. Die Sacramento Mountains im Westen hoben sich dunkelblau gegen den hellen Himmel ab, und irgendwo über uns kreiste ein Raubvogel mit hellem Schrei. Mit einem tiefen Atemzug sog ich die Wärme in mich ein, dann schritt ich zu dem Pritschenwagen im Hof, vor dem mein Vater und Francis standen. Dort auf der Ladefläche lagen die Kadaver zweier Kühe, beide wiesen gebrochene Vorderbeine auf. Ich kam gerade hinzu, als Francis sagte, während er über den Hals eines der beiden Zugpferde strich:

„Wir könnten in die Stadt fahren und versuchen, ob Collins sie uns abkauft."

Collins besaß einen Gemischtwarenladen, den General Store, in der Stadt, er verkaufte Lebensmittel, Kleidung, Werkzeug und sogar Bücher, aber er machte auch Geschäfte mit der Reservation. Alle in der Stadt wussten, dass er sich an deren Lebensmittelrationen bereicherte, indem er den Indianeragenten Waren abkaufte, die eigentlich für die Mescalero bestimmt waren, doch die meisten störten sich nicht daran. Mir war Collins zutiefst zuwider, und nicht nur deshalb sagte ich eilig:

„Vater, darf ich diese beiden Kühe mitnehmen? Ich habe eine Idee, wie sie sinnvoll verwertet werden können."

Mein Vater und Francis sahen mich erstaunt an, und Vater antwortete:

„Wohin möchtest du sie bringen? Wer sollte sie brauchen können?"

Ich schöpfte tief Atem und erwiderte:

„Ich möchte sie zur Reservation bringen. Die Menschen dort hungern, und wir alle wissen, dass Collins sie betrügt."

Francis stieß zischend die Luft zwischen den Zähnen aus und musterte mich aus zusammengekniffenen Augen. Mein Vater aber sah mich ruhig an. Schließlich sagte er:

„In Ordnung, Eve, du kannst die beiden Kühe auf die Reservation bringen. Aber ich möchte, dass

Chess dich begleitet, die Apachen sind generell auf uns Siedler nicht so gut zu sprechen."

Ich nickte und eilte los, um Chess, unseren alten Cowboy, zu benachrichtigen. Dann, einer plötzlichen Eingebung folgend, lief ich ins Haus zurück und holte zwei rote Bänder, mit denen mein Vater regelmäßig die Kühe für die Apachen kennzeichnete.

Chess schüttelte nur den Kopf, als ich ihm erzählte, wohin er mich begleiten sollte.

„Missy, das bringt nur Ärger, die ganzen Indianer bringen nur Ärger." grummelte er und griff zu seiner abgewetzten Winchesterbüchse, bevor er sich erhob.

Chess nannte mich „Missy", seit ich mit zehn Jahren auf dieser Ranch angekommen war. Er war schmal, drahtig und grauhaarig, trug einen buschigen Schnauzbart und legte seinen hellbraunen Hut nur zum Schlafen ab. Aber er hatte einen Narren an mir gefressen, schon, als ich als kleines blondes Mädchen auf der Veranda gestanden hatte und mein Vater meine Mutter und mich den Arbeitern vorgestellt hatte. Und deshalb konnte er mir keinen Wunsch abschlagen, selbst wenn es so einer war.

Chess setzte sich auf den Kutschbock des Pritschenwagens, ich schwang mich neben ihn, und langsam verließen wir das Gelände. Wir sprachen nicht viel, während wir fuhren. Chess war sowieso ein schweigsamer Mensch, und ich versuchte mir vorzustellen, wie wir wohl auf der Reservation empfangen werden würden. Ich wusste nicht einmal, wie ich mich mit den Mescalero verständigen sollte, denn wie Maria mir erzählt hatte, war die Sprache der Apachen sehr schwer zu erlernen. Und ich konnte nicht davon ausgehen, dass alle Apachen spanisch konnten.

Nach etwa einer Stunde erreichten wir die Reservationsgrenze und fuhren auf einem schmalen Weg durch lichte Wälder bis zur nächsten Ansammlung armseliger Häuser in einem Talkessel. Viele Apachen hatten sich aus Mangel an Stoff Hütten aus Reisig gebaut, nur wenige konische Zelte waren zu sehen. Ein schaler Geruch von menschlichen Ausscheidungen, billigem Fusel und Leder wehte mir entgegen. Vor den Hütten und Zelten saßen einige Menschen, meistens Frauen, alte Leute und Kinder, und sahen mir mit unbewegten Gesichtern entgegen. Ihre Kleider waren zusammengewürfelt und zerrissen, die meisten trugen durchlöcherte Ledermokassins, und vielen Kindern stand das verfilzte Haar vom Kopf ab. Einige magere Hunde kamen kläffend auf uns zugeschossen, doch als Chess sie anbrüllte und die Arme in die Luft warf, stoben sie davon. Chess entsicherte deutlich hörbar sein Gewehr, drehte sich mit grimmigem Gesicht zu mir und sagte:

„Jetzt seid ihr an der Reihe, Missy, aber wenn einer dieser Kerle auch nur in eure Nähe kommt, dann ..."

Er vollendete den Satz nicht, aber ich beruhigte ihn.

„Lass gut sein, Chess, das sind verstörte, hungrige Frauen und Kinder, und keine heimtückischen Mörder."

Er knurrte etwas Unverständliches und blickte wachsam auf die Menschen. Ich schwang mich vom Wagen, trat zur Ladefläche und öffnete die hintere Klappe. Dann wandte ich mich dem Dorf zu und winkte mit beiden Händen.

„Kommt, diese Kühe sind ein Geschenk für Euch."

Ich bemerkte sogleich, dass wenige der anwesenden Apachen spanisch verstanden, aber ich hoffte, dass meine Gesten eindeutig waren. Ich winkte erneut und deutete auf die Kühe, und schließlich traten zwei ältere Frauen näher. Ohne eine Miene zu verziehen, kamen sie zum Wagen und warfen einen Blick auf das Fleisch. Wieder versuchte ich ihnen klarzumachen, dass ich ihnen das Fleisch geben wollte, und obwohl sie zu verstehen schienen, machten sie keine Anstalten, die Kühe vom Wagen zu ziehen.

Später erzählte Ko ʔìgɑ̀ mir, dass die Frauen zu oft von Weißen betrogen worden waren, und sie trauten mir nicht. Doch da erschien eine jüngere Frau, die ebenfalls zum Wagen trat, einen Blick auf die Kühe warf und mit halblauter Stimme zu den älteren Frauen sprach. Sie sah mir ins Gesicht, und als ich wieder auf die Kadaver und auf die Zelte deutete, schien sie zufrieden zu sein. Und dann griff ich in meine Rocktasche und zog die roten Bänder hervor.

Diese Bänder hatten eine erstaunliche Wirkung auf die Gruppe. Mehrere Frauen blickten auf mich, kamen plötzlich zum Wagen, betrachteten die Kühe und griffen schließlich zu. Viele Hände zogen die erste Kuh vom Wagen, und gerade, als sie schwer auf der Erde aufschlug, öffnete sich weiter hinten im Lager am Waldrand ein Zelteingang.

Ein Apache trat heraus, gekleidet in hohe Stulpenmokassins, einen Lendenschurz aus hellem Leder und ein dunkelrotes Leinenhemd. Sein schulterlanges Haar wurde von einem breiten hellen Band aus der Stirn gehalten. Er sah die Frauen bei mir stehen, und mit weit ausgreifenden Schritten kam er näher. Er hatte ein breites Gesicht mit leicht hervorstehenden Wangenknochen, schmale Lippen und schwarze Augen, die wie dunkle Feuer zu brennen schienen. Ich konnte sein Alter schlecht schätzen, aber er mochte vielleicht dreißig Jahre alt sein. Kaum war er in Rufweite, begann er laut und heftig auf die Frauen einzureden, dabei blickte er ärgerlich auf mich und den Wagen, und als er herangekommen war, versuchte er, die Frauen fortzuschieben. Diese jedoch gaben ihm Widerworte, gestikulierten lautstark und fuhren fort, auch die zweite Kuh vom Wagen zu ziehen.

Ich wollte auf den Wagen steigen, um den Frauen bei dieser Arbeit zu helfen, da trat er vor und drängte mich ein Stück vom Wagen fort.

„Geh! Geh weg von hier! Lass uns in Ruhe!" schrie er in gebrochenem Spanisch, und im gleichen Augenblick sah ich Chess aus den Augenwinkeln aufspringen. Er hatte das Gewehr hochgerissen, den Finger am Abzug und schien drauf und dran, auf den Apachen zu feuern.

„Nein!" rief ich laut, fuhr zu Chess herum und breitete beide Arme abwehrend aus. Einen Augenblick lang stand ich vor ihm, seine Waffe auf mich gerichtet, den Apachen verdeckend.

„Nein, Chess, lass es gut sein."

„Wenn der dreckige Bastard euch noch mal anfasst, schieße ich ihn über den Haufen!" brüllte Chess mit sich überschlagender Stimme. Ich drehte mich langsam wieder um, mein Herz hämmerte. Der Apache stand immer noch hinter mir, seine funkelnden Augen auf mich gerichtet. Ich trat wieder zum Wagen und deutete auf die beiden Kühe:

„Dies ist ein Geschenk für euch." sagte ich nochmals deutlich. Im Gesicht des Mannes war keine Regung zu erkennen, doch nun kam die jüngere Frau wieder herbei und sprach ruhig auf den Krieger ein. Sie nickte dabei zu den gebrochenen Beinen der Kuh.

Später erzählte mir *Ko ʔìgą̀*, er habe von einer Geschichte gehört, nach der Weiße den Apachen vergiftete Nahrungsmittel geschenkt hatten. Er hatte Angst gehabt, dass die Kühe vergiftet worden seien und hatte deshalb die Frauen daran hindern wollen, das Fleisch zu nehmen. Die junge Frau, seine Schwester, hatte ihm aber gesagt, dass alle Kinder Hunger hätten, dass ich auch eine Frau sei, und dass sie nicht glauben könne, dass eine Frau andere Frauen und Kinder vergiften könne. Und sie habe ihm gezeigt, dass die Kühe wohl gestürzt waren, da ihre Beine gebrochen und die Tiere danach erschossen worden waren. Kein Rancher würde seine Rinder erst abstürzen lassen, um sie dann zu erschießen und ihr Fleisch anschließend zu vergiften. Davon habe er sich überzeugen lassen.

Der Krieger trat nun zur Seite und ließ die Frauen zu der zweiten Kuh. Ich kletterte auf die Ladefläche und half, das Tier vom Wagen zu schieben. Anschließend sprang ich wieder herunter und schloss die Klappe, dann blickte ich einen Moment noch auf die Frauen, die sofort begannen, die beiden Kühe zu zerlegen. Von Maria wusste ich, dass es bei den Apachen kein Wort für „Danke" gab, und dass der Austausch von Geschenken anders verlief als bei uns. Aber ich wünschte, ich hätte ein Wort zum Abschied sagen können.

So schwang ich mich schweigsam neben Chess auf den Wagen, ohne den Krieger mit einem Blick zu streifen, und Chess ließ die Pferde wenden.

Wortlos verließen wir das Reservat und fuhren durch die duftenden Ponderosa Pines auf die staubige Ebene hinunter. Eine ganze Zeitlang blieb es stumm zwischen uns. Ich wusste, dass Chess nicht viele Worte machte, aber vielleicht hielt er es für seine Pflicht, meinem Vater von der Situation mit dem Apachen zu erzählen.

„Chess?"

„Hmm?" brummte er, ohne mich anzusehen.

„Ich wäre dir dankbar, wenn du meinen Eltern gegenüber davon nichts erzählen würdest. Du weißt, wie Mutter ist, sie würde sich nur fürchterlich aufregen."

Und mir Vorwürfe machen, fügte ich in Gedanken hinzu, aber der Zustand meiner Mutter war auf der Ranch kein Geheimnis. Chess brummte erneut, und ich deutete es als Zustimmung.

Mit diesem Tag begann ich etwas, was ich nicht vorhersehen konnte. Den Weg, den ich eingeschlagen hatte, konnte ich niemals wieder verlassen.

Sommergewitter in den Gila Mountains, New Mexico
(©VE)

Während der nächsten Tage konnte ich mich kaum auf irgendetwas konzentrieren. Mir ging die Begegnung mit den Apachen immer wieder im Kopf herum. Mein Vater hatte mich gefragt, wie die Mescalero die Kühe angenommen hatten, und ich erzählte ihm, dass sie zuerst zurückhaltend gewesen waren, sich dann aber doch genähert hatten. Von dem Zwischenfall erwähnte ich nichts, und es schien so, als ob auch Chess sein Wort gehalten und geschwiegen hatte.

Wenn ich in der Schule arbeitete, so war ich einigermaßen abgelenkt, aber wenn ich auf dem Hin- und Rückweg wieder an der Kreuzung zum Reservat vorbeikam, bog ich bisweilen ab und ließ den Wagen langsamer an dem verstreuten Zelten vorbeifahren. Ich versuchte, die Frauen wiederzuerkennen, die die Kühe vom Wagen gezogen hatten und mir deshalb sehr nahegekommen waren, wodurch ich mir ihre Gesichter gemerkt hatte. Doch keiner der Menschen kam näher an den Wagen heran, wenn ich dort war, sie blieben in weiter Entfernung vor ihren Hütten sitzen.

Seit ich von meinen Eltern fortgezogen war, hatte meine Mutter es sich angewöhnt, immer wieder für einige Tage oder später auch Wochen zu ihren Verwandten im Norden zu fahren. Das Leben im Grenzland deprimierte sie zutiefst, und mein Vater versuchte alles in seiner Macht Stehende, um sie aufzumuntern. So kam es, dass ich nach meiner Rückkehr mehr und mehr die Aufgaben meiner Mutter übernahm, mit Maria zusammen den Überblick über die Vorräte behielt, Listen für Einkaufsfahrten zusammenstellte und für den Haushalt sorgte. Deshalb war ich auch oft an den Tagen, an dem ich keinen Unterricht zu geben hatte, mit dem Wagen in die Stadt unterwegs, um bei Collins einzukaufen.

Storekeeper Randolf Collins war ein hagerer Mann mit schmierigem, zurückgekämmtem Haar, einem schwarzen Schnauzbart, dessen Spitzen ihm bis zum Kinn herabhingen, und einem ständigen aufgesetzt freundlichen Lächeln auf dem Gesicht. Auch wenn mir klar war, dass er vom Wohlwollen seiner Kunden abhängig war, mochte ich seine unterwürfige Art nicht, und auch nicht die Blicke, mit denen er mich musterte. Er hatte eine stille, blasse Frau, deren ganzes Lebensziel darin zu bestehen schien, ihrem Mann und seinem Geschäft zu Diensten zu sein, und mein Lebensweg als Witwe, deren Ehe darüber hinaus weder besonders glücklich noch mit Kindern gesegnet gewesen war, schienen beide als Provokation aufzufassen. Außerdem ließ ich ihn spüren, wie sehr ich seine Habgier verabscheute, mit der er die Bewohner der Reservation hungern ließ und sich an ihrem Elend bereicherte. So beschränkte ich die Konversation mit ihm auf das Mindeste, wann immer ich vor der Veranda des Gemischtwarenladens hielt.

Auch an diesem Tag stieg ich wortlos vom Kutschbock, band das Pferd locker an den Holzholm und nahm die Einkaufsliste zur Hand. Mit seiner umgebundenen weißen Schürze eilte Collins diensteifrig auf mich zu und rief sofort einen Helfer, um die von mir gekauften Säcke und Fässer später auf den Wagen zu laden. Zuerst erwarb ich Ersatzteile und Werkzeug, Munition für einige unserer Gewehre und diverse Ballen Stoff, dann bestellte ich die notwendigen Lebensmittel.

„Mrs. Rawford, ich habe außerdem erst heute eine frische Ladung Weizenmehl bekommen." rief er mir von den Regalen aus zu, von wo er verschiedene Konservenbüchsen und Trockenfrüchte herunterholte. Dabei deutete er auf eine kleine Anzahl Säcke, die in der Ecke neben der Türe lehnten. Gereizt, weil er mich – zwar korrekt, aber unbequem – mit den Namen meines verstorbenen Ehemanns angesprochen hatte, blickte ich auf die Mehlsäcke und sah den Stempel der Regierung auf dem Stoff.

„Sind diese Säcke nicht für die Reservation bestimmt?" fragte ich und versuchte, höflich und beherrscht zu klingen. Diese Lebensmittel hätten eigentlich an die Apachen verteilt werden sollen, waren aber anscheinend wieder einmal billig weiterverkauft worden, und Collins hatte, wie schon so oft, bereitwillig zugegriffen.

„Es wurden zu viele geliefert, und ich habe den Überschuss aufgekauft," antwortete Collins mit einem schleimigen Grinsen, das mich als eine Art Mitwisser kennzeichnen sollte, aber ich erwiderte sein Lächeln nicht. Während ich noch auf die Säcke blickte und mir überlegte, ob ich einen Streit mit Collins beginnen sollte, der sicher ärgerlich werden und fruchtlos bleiben würde, entschied ich mich anders.

„In Ordnung, ich kaufe das Mehl."

Collins sah mich weiterhin grinsend an, und in Gedanken wünschte ich ihm eine möglichst unerfreuliche Krankheit an den Hals.

Als alles verladen war und ich mich wieder auf den Kutschbock schwang, beschloss ich, das Geld, das ich für das Mehl ausgegeben hatte, aus meinen eigenen Ersparnissen zu ersetzen. Mein sonderbares Verhalten sollte die Haushaltsführung unserer Ranch nicht beeinflussen. Mit diesen Gedanken lenkte ich den Wagen aus der Stadt hinaus und auf das Reservat zu.

Noch während ich durch den Schatten der Bergwälder fuhr, wurde mir bewusst, dass ich dieses Mal allein war, kein Chess mit einem Gewehr begleitete mich. Und dennoch bog ich in den kleinen Weg zu den heruntergekommenen Hütten ein, fuhr etwa bis zur gleichen Stelle, an der wir auch das letzte Mal gestanden hatten, und hielt an. Ich schöpfte tief Atem, sprang vom Wagen, ging zur Wagenklappe und öffnete sie. Dann blickte ich zurück zu den Hütten, und wieder sah ich die Frauen und Kinder beobachtend dort sitzen. Ich hob beide Arme und winkte, doch niemand reagierte. Da nahm ich die Säcke vom Wagen und trug sie den Frauen ein Stück entgegen.

Je weiter ich mich vom Wagen entfernte, desto unsicherer wurde ich. Dennoch trat ich bis fast vor das erste Zelt und ließ die Säcke langsam zu Boden gleiten. Mehrere dunkle Augenpaare musterten mich, als ich auf das Mehl deutete und mit offenen Handflächen eine Geste zu den Frauen hin machte. Eine der Frauen schien mich wiederzuerkennen, sie erhob sich langsam und kam auf mich zu. Nur einen Moment lang trafen sich unsere Augen, dann blickte sie zu Boden. Sie hob einen der Säcke auf, und nun kamen auch andere Frauen herbei. Stumm nahmen sie das Mehl und gingen, um daraus Essen zuzubereiten.

Mit einem leisen Lächeln wandte ich mich um, um zum Wagen zurückzugehen – und stand unmittelbar dem Krieger gegenüber. Er sah mich nur an, mit seinen dunklen, brennenden Augen, aber es lag keine Freundlichkeit in seinem Blick, kein Verständnis. Unwillkürlich hielt ich den Atem an, erwiderte seinen Blick so fest wie möglich und versuchte, meine jagenden Gedanken zu beruhigen. Einige Herzschläge lang geschah gar nichts, dann hörte ich, wie eine der Frauen dem Krieger ein paar Worte zurief, und er wandte den Blick von mir ab.

Langsam ging ich zum Wagen zurück, und versuchte dabei, meine Aufregung niederzukämpfen. Hinter mir hörte ich die Frauen in gedämpfter Stimme mit dem Krieger diskutieren. Auch hier erfuhr ich später, dass *Ko ʔìgą`* mich nicht im Lager hatte haben wollen. Er hatte mit den Frauen gestritten, doch sie hatten ihm gezeigt, dass ich wiederum Nahrung für sie gebracht hatte, und da die Frauen bei den Apachen recht großen Einfluss besaßen, hatte er sie gewähren lassen müssen.

Von nun an kam ich noch ein paar Mal zum Apachencamp, wenn ich in der Stadt zum Einkaufen war. Einmal brachte ich einen Ballen Stoff, ein paar Decken und einige Konservendosen, ein anderes Mal konnte ich Collins Pökelfleisch, Salz und etwas Kaffee abkaufen, was sicher alles für die Apachen gedacht gewesen war. Die Menschen begegneten mir mit jedem Besuch ein klein wenig freundlicher, sie kamen mir entgegen und warfen mir scheue Blicke zu. Die Herzen der Kinder gewann ich, in dem ich Collins eines Tages eine Handvoll Zuckerstangen abnahm, die sein Helfer versehentlich in den Sand hatte fallen lassen. Colins hatte vor Wut getobt und eine gefährlich rote Gesichtsfarbe angenommen, da er diese Süßigkeiten nun nicht mehr verkaufen konnte. Er beruhigte sich erst, als ich ihm eine kleine Summe Geld in die Hand drückte, die Zuckerstangen in sauberem Wasser wusch, sie in Stücke brach und auf der Reservation unter den schüchternen Kindern verteilte.

Manchmal sah ich den Krieger von Weitem, aber er kam nie wieder zu mir, um mich zu vertreiben oder einzuschüchtern. Auch andere Krieger sahen von fern zu, wenn ich kam, aber sie misstrauten mir mehr als die Frauen. Auf der Ranch bekam niemand so recht mit, was ich noch tat, wenn ich in die Stadt fuhr. Wenn Maria oder einer der Cowboys mich begleiteten, fuhr ich nicht zum Lager, sodass sich keine Regelmäßigkeit in meinen Besuchen einstellte.

****

Dass die Nahrung der Mescalero grundsätzlich zu knapp bemessen war, war allgemein bekannt. Verschiedene Großrancher, die die Reservation regelmäßig mit Rindern versorgten, verhandelten zäh mit den Indian Agents, die grundsätzlich zu wenig Geld zur Verfügung hatten. Dadurch wurde, wenn überhaupt, viel zu wenig Vieh geliefert. So war es keine Überraschung, dass immer wieder Apachenkrieger das Reservat unerlaubt verließen, um für die Familien zu jagen. Die Armee hatte den Auftrag, die Flüchtigen zu ergreifen und zu bestrafen. Bisweilen kamen Soldaten auch an unserer Ranch vorbei und befragten unsere Arbeiter und uns, ob wir Apachen gesehen hätten.

So verwunderte es mich nicht, als sich eines frühen Abends im Sommer ein Trupp Soldaten der Ranch näherte. Den ganzen Tag über war es schwül gewesen, und die Hitze lag wie ein dumpfes Tuch über dem Land. Jetzt zogen dunkle, drohende Wolken über den Horizont, und der Wind hatte spürbar aufgefrischt. Jeden Augenblick konnte das Gewitter losbrechen. In der Schule, in der ich an diesem Tag unterrichtet hatte, waren die Kinder zappelig und unkonzentriert gewesen, und ich fühlte mich unwohl in dem langen Baumwollkleid, das ich als Lehrerin trug. Als ich am Nachmittag auf der Ranch angekommen war, hatte ich noch keine Zeit gehabt, mich umzuziehen, und so trat ich auch eher als Herrin des Hauses – meine Mutter war abwesend – und weniger als berittene Arbeitskraft auf die Soldaten zu.

Während ich ihnen auf dem Hof entgegen schritt, sah ich, dass sie über und über mit Staub bedeckt und ihre Pferde sehr ermüdet waren. Sie ritten langsam, aber nicht nur wegen der Pferde. In der Mitte des Zuges entdeckte ich einen Apachen, zu Fuß und nur mit einem Lendenschurz bekleidet. Seine Handgelenke waren ihm vor der Brust zusammengebunden, und dieses Seil wiederum war am Sattelknauf eines Soldaten befestigt. Sein Körper war ebenso staubverkrustet wie die Uniformen der Soldaten, und auf Hüfthöhe klebte eine größere Menge geronnenen Blutes. Die Soldaten mussten ihn angeschossen, gefangen genommen und den ganzen Weg hinter sich hergeführt haben.

Als die Soldaten in einer staubigen Wolke im Hof hielten, blieb auch der Gefangene stehen. Und während der Sergeant mit meinem Vater sprach, blieb mein Blick auf dem verletzten Apachen hängen. Es war der Krieger, der mich zweimal aus dem Camp hatte jagen wollen. Mit keiner Regung des Gesichts zeigte er, dass er mich erkannt hatte, auch wenn ich sicher war, dass er wusste, wo er sich befand.

Mein Vater trat zu mir.

„Eve, die Männer werden die Nacht hier verbringen. Das Unwetter würde sie sonst auf der Ebene überraschen. Sei so gut und bring ihnen mit Maria etwas zu essen."

Ich nickte und eilte ins Haus zurück, wo Maria bereits den Ofen schürte. Doch ich war nicht ganz bei der Sache – konnte ich diesen Mann den Soldaten überlassen? Was geschah mit Kriegern, die von den Soldaten eingefangen wurden? Konnte ich dies fragen?

Nur wenig später trat ich mit einem großen Tablett, Tassen und zwei Kannen starken Kaffees zur Scheune, wo mein Vater mit den Arbeitern in aller Eile Platz für die zwölf Soldaten geschaffen hatte. Ich wurde von den müden Männern freudig begrüßt, nicht nur wegen des heißen Getränks. Frauen waren hier im Grenzland immer noch eine Seltenheit, und so wurde ich, obwohl nicht mehr jung, mit Höflichkeiten aber auch sehnsüchtigen Blicken förmlich überschüttet.

Ich war nie eine gutaussehende Frau gewesen, das hatte ich immer gewusst. Meine Figur und mein Gesicht waren – wenn ich mich mit anderen Frauen meines Alters verglich – höchstens durchschnittlich, und ich selbst legte wenig Wert darauf, mich herauszuputzen. Auch in einem Kleid wurde klar, dass ich mich in Arbeitshosen, im Sattel oder draußen auf dem Land wohler fühlte als in einem Salon.

Während ich den Männern Kaffee einschenkte, teilte ich dem Sergeanten mit:

„Maria wird gleich mit dem Essen nachkommen – sagt uns, wenn Ihr noch etwas benötigt."

„Vielen Dank, Mrs. Rawford, uns ist mit einem Abendessen und einer trockenen Unterkunft schon sehr gedient."

Der Sergeant nickte einem Soldaten zu.

„Conners, Ihr übernehmt die erste Wache bei dem Bastard..." Hier räusperte sich der Sergeant und fügte hinzu:

„Entschuldigt, Mrs. Rawford, das wollte ich nicht sagen."

Natürlich wolltest du das sagen, dachte ich angewidert, nickte aber kurz.

„...und Graven soll Euch in zwei Stunden ablösen, dann Roskins, McEaren..."

Ich verließ mit dem leeren Tablett die Scheune. Draußen sah ich, wie der mit Conners bezeichnete Soldat den Apachen mit Rohhautseilen an den Viehzaun fesselte, der bis zur Scheunenwand reichte. Er schnürte ihm die Handgelenke an den untersten Querbalken und band ihm zusätzlich die Füße zusammen, sodass der Gefangene gebeugt am

Zaun sitzen musste, ohne sich erheben zu können. Er blickte nicht auf, als ich vorbeischritt.

Wenig später kehrten Maria und ich mit einem deftigen Eintopf, Tortillas und mehreren Krügen Wasser zurück und schöpften den Männern ihre Portionen auf ihre Teller. Zuletzt traten wir vor die Scheune, um dem wachhabenden Soldaten seinen Teil zu geben.

„Erhält der Apache nichts?" fragte ich unwillkürlich, und der Soldat sah mich staunend über seinem Bissen Tortilla an. Der Sergeant hörte meine Frage und streckte den Kopf aus der Scheunentüre.

„Gebt Euch keine Mühe, Mrs., das ist der Unruhestifter Santiago, und er hat uns tagelang quer durch das ganze Land gehetzt. Ein wenig Hunger tut ihm gut."

Dabei grinste der Mann, und ich fühlte, wie mein Herzschlag sich vor Wut beschleunigte. Ich stellte den Kessel ab, den ich trug, verschränkte die Arme vor der Brust und starrte den Soldaten zornig an.

„Sergeant, keiner – ich wiederhole, keiner – wird hier auf diesem Grund und Boden hungrig bleiben! Kein Soldat, kein Arbeiter, kein Apache! Dieser Mann wird von mir zu essen und zu trinken erhalten!"

Stille. Das Klappern des Bestecks in der Scheune war verstummt, und der Sergeant sah mich mit halboffenem Mund an. Ich wusste, dass meine Augen bei meinen Worten einen zornigen, harten Ausdruck angenommen hatten, und ich war es nicht gewohnt, den Blick zu senken. Ich nickte Maria zu, die mich ebenfalls entgeistert anstarrte.

„Sei so gut und hole mir einen Teller, eine Tasse und Besteck."

Sie zögerte ein wenig, stellte dann aber ihren Korb ab und lief zum Haus zurück. Der Sergeant sah mich unsicher an und meinte ein wenig zögerlich:

„Mrs., der Mann muss gefesselt bleiben, wie soll er...?"

Ich reagierte nicht, sondern schöpfte eine Portion Essen auf den Teller, den Maria mir brachte. Dann nahm ich die Kanne, den Becher und den vollen Teller und trat zu dem Gefangenen.

Santiago, was für ein nichtssagender Name. Er schien nicht zu dem Mann zu passen, dessen schwarze Augen mich nun förmlich durchbohrten und doch gleichgültig schienen gegen Güte oder Folter. Ich kauerte neben ihm am Zaun nieder, gerade, als das erste dumpfe Donnergrollen von den

Bergen widerhallte. Eine Windböe wirbelte um uns herum Sand auf. Einige Herzschläge lang blickte er mich an, und da ich von Maria wusste, dass Apachen den direkten Blick gerne vermieden, senkte ich die Augen ein wenig.

„Mrs., seid vorsichtig, der Mann kann Euch töten!" warnte der Sergeant pflichtbewusst, und ich lachte leise auf.

„Ja, Sergeant, das könntet Ihr auch. Aber dieser Mann ist angebunden, verletzt und mit Sicherheit entkräftet. Ich schätze, er wird mit dem Töten warten, bis er gegessen hat."

Aus der Scheune drang unsicheres Gekicher, und der Blick des Sergeanten wurde hart. Er wandte sich ab.

Ich blickte wieder zu dem Apachen und hielt ihm den Teller entgegen, mit einem leichten, zögerlichen Lächeln. Da erst bemerkte ich eine schmale Schnur, auf der Perlen, Samen und durchbohrte Steinchen aufgezogen waren, und die sich diagonal über seine Brust zog. Langsam und misstrauisch griff er zu. Er konnte mit seinen gefesselten Händen den Teller nicht halten und gleichzeitig essen, so hielt ich den Teller. Er aß hastig die ganze Portion, und als ich ihn leise fragte, ob er noch mehr wünschte, schüttelte er leicht den Kopf. Da gab ich ihm die Blechtasse in die Hand und griff nach der Kanne, um Wasser einzuschenken. Ein Blitz zuckte so hell über den Bergen, dass sein Licht alles im Hof der Ranch für einen kurzen Moment erleuchtete.

Aus den Augenwinkeln bemerkte ich, dass die Aufmerksamkeit, die die Soldaten auf mich und den Gefangenen gerichtet hatten, nachgelassen hatte. Deshalb senkte ich die Wasserkanne langsam und goss eine Portion Wasser über die Handfesseln des Apachen. Dabei sah ich ihn warnend an, und da in diesem Augenblick die ersten Regentropfen fielen, verstand er sofort. Rohhaut ließ sich dehnen, wenn sie nass wurde. Und die Feuchtigkeit konnte man auf das Gewitter schieben. Ich konnte nur hoffen, dass der Apache klug genug war, um die Fesseln mitzunehmen. Dann würde erst recht kein Verdacht auf mich fallen.

Nun goss ich ihm Wasser in die Tasse, und er trank, ohne den Blick von mir abzuwenden. Wieder füllte ich ihm die Tasse und goss ihm erneut Wasser über die Stricke. Auf diese Weise leerten wir die Kanne, wobei ich den letzten Rest Wasser auf seine Fußfesseln tropfen ließ. Wir sprachen kein Wort, obwohl mir vieles auf der Zunge lag. Dann erhob ich mich mit dem Geschirr und warf dem Sergeanten einen schnippischen Blick zu. Er legte grüßend, aber mürrisch, die Hand an seinen Hut und verschwand in der Scheune.

Nur wenig später brach das Gewitter mit aller Macht los. Der Wind wirbelte den Sand, dürre Blätter und abgestorbene Büsche hoch über unser Dach, Blitz auf Blitz folgte, und das Geprassel des Regens wurde vom Rollen des Donners übertönt. Ich stand noch eine Weile am Fenster meines Zimmers und verfolgte das Unwetter durch die geschlossenen Holzläden, und in mir herrschte ein ähnlicher Aufruhr.

Was hatte ich getan? Hatte ich geholfen, einen Mörder zu befreien, so wie meine Mutter sagen würde? Oder war der Mann auf der Jagd gewesen, um den hungernden Menschen im Reservat Nahrung zu bringen? Konnte er sich überhaupt befreien? Oder fingen und töteten die Soldaten ihn bei seinem Fluchtversuch? Und wenn der Verdacht auf mich fiel? Selbst, als ich im Bett lag, dauerte es eine Weile, bis ich schließlich in einen unruhigen Schlaf fiel.

Westlich der Sacramento Mountains, New Mexico (©VE)

4. VERSTECKSPIELE

Der Morgen war frisch und klar, und die Feuchtigkeit gab der Luft etwas ungemein Süßes. Ich schöpfte tief Atem, als ich auf die Veranda trat, und für einen kurzen Augenblick hatte ich alle Bedenken der letzten Nacht vergessen. Doch dann fiel mein Blick auf die Scheune und die Soldaten, die davor herumliefen. Einige waren schon zu Pferd, andere schlangen noch hastig das Frühstück hinunter, das Maria ihnen reichte. Der Sergeant lehnte an dem Zaun, an dem der Apache angebunden gewesen war.

Langsam und voller Aufregung trat ich näher und sah meinen Vater eben aus der Scheune kommen. Er nickte mir grüßend zu und sagte:

„Der Apache ist in der Nacht entkommen. Er muss die Fesseln irgendwie gelöst haben. Ein Soldat hat ihn fortlaufen sehen und gefeuert, er hat ihn wohl auch getroffen, aber der Regen hat alle Spuren verwischt."

Ich blickte nachdenklich zum Sergeanten, der seine Männer formierte.

„Werden sie ihn wieder jagen? Was hat er denn getan?"

„Er hat das Reservat unerlaubt verlassen, und wahrscheinlich hat er auch einige Rinder und Pferde gestohlen. Ja, ich denke, sie werden ihn wieder einfangen wollen."

Ich trat zum Zaun. Keine Spur der Rohhautriemen war zu sehen, Santiago hatte klug gehandelt. Im Wind, Regen und der Dunkelheit war er verschwunden, und es war nicht wahrscheinlich, dass man ihn wieder fing. Mein Blick blieb an dem Pfosten hängen, ein paar Schritte neben der Stelle, an der er angebunden gewesen war. Dort hing, ein wenig um den obersten Querbalken gewickelt und fast nicht zu entdecken, die schmale Schnur mit Perlen und Samen, die der Apache am vergangenen Abend getragen hatte. Unauffällig nahm ich sie an mich und ließ sie in die Tasche meines Reitkleides gleiten.

Wenig später verließen die Soldaten unsere Ranch. Keiner machte auch nur die kleinste Bemerkung über die Flucht des Apachen, die mich betraf. Ich half Maria, das gebrauchte Geschirr zu reinigen, doch ich war in Gedanken und nicht recht bei der Sache, und so schickte sie mich lächelnd hinaus.

Als ich nach dem Tod meines Mannes auf die Ranch meiner Eltern zurückgekehrt war, hatte mir mein Vater ein Pferd geschenkt. Meine alte Stute Jessie war gestorben, während ich fort gewesen war, und ich hatte um sie getrauert wie um ein Familienmitglied. Seit ich auf die Ranch gekommen war, hatte ich sie reiten dürfen, und ich hatte sie mit allem verwöhnt, was ich aus der Küche hatte bekommen können. Mein neues Pferd war ein Fohlen von Jessie, und sie sah ihr sehr ähnlich. Jynny war von schwarzbrauner Farbe wie ihre Mutter, ein wenig ungezähmter als sie, und nicht minder schnell. Mein Vater hatte sie geduldig zugeritten, und als er sie mir schenkte, war es Liebe auf den ersten Blick.

Ich lockte Jynny an den Zaun der Koppel und kletterte hindurch, um sie zu kraulen und ihr die Brotrinden zu geben, die ich seit einigen Tagen zum Trocknen aufgelegt hatte. Sie nahm das Brot sanft mit ihrer samtigen Schnauze und zermalmte es genüsslich. Dann rieb sie ihren schweren Kopf so heftig an mir, dass ich fast gestürzt wäre.

„He, Süße, nicht so stürmisch, ich bin ja hier, um dir etwas Bewegung zu verschaffen." sagte ich und nahm ihr Halfter vom Zaun. Sie tänzelte um mich herum und ließ sich kaum zäumen und satteln, doch schließlich schwang ich mich auf ihren Rücken und rief Chess zu, der gerade mit einem Lasso zur Koppel kam, um sich sein Arbeitspferd zu holen:

„Ich reite die Anhöhen hinauf – vor dem Mittagessen bin ich zurück."

„Seid vorsichtig, Missy!"

Ich winkte ihm lächelnd zu – seit er meinen seltsamen Ausflug zu den Mescalero gedeckt hatte, hatte Chess etwas gut bei mir.

Ich trieb Jynny an und ließ sie aus dem Hof galoppieren. Dann, als sie sich etwas ausgetobt hatte, ließ ich sie in einen lockeren Trab fallen und lenkte sie auf die Anhöhen westlich unserer Ranch zu. Dabei hatte ich genug Zeit, die Schnur aus der Tasche zu ziehen und zu betrachten. Nachdenklich ließ ich sie durch die Finger gleiten, und mir war bewusst, dass der Mescalero sie absichtlich zurückgelassen haben musste. Sie war wie ein Gruß an mich.

So in Gedanken versunken ließ ich Jynny ihren Weg selbst finden und lenkte sie nur gelegentlich ein wenig. Sie erklomm die sanften Anhöhen, knabberte hie und da an einem Grasbüschel und schoss dann wieder übermütig einen Hügel hinauf. Gerade ritten wir auf einem dicht mit Kakteen und

Mesquitebäumen bewachsenen Hang entlang, als Jynny ein warnendes Schnauben von sich gab. Ich zügelte sie sofort, denn auf ihre Wachsamkeit konnte ich mich verlassen, und blickte mich aufmerksam um. Wieder schnaubte sie und scharrte nervös mit den Hufen. Sie schien vor einer Gruppe niedriger Bäume zurückzuweichen, und ohne nachzudenken zog ich mein Gewehr aus dem Sattelschuh. Zwar hoffte ich, in keine Auseinandersetzung mit einem bewaffneten Mann oder einem wilden Tier verwickelt zu werden, aber ich wollte auch nicht völlig wehrlos in irgendein Gebüsch stolpern.

Ich saß ab und legte Jynny die Zügel über das Sattelhorn, damit sie sich nicht mit den Beinen darin verfing, sollte sie erschrecken. Dann näherte ich mich langsam der Baumgruppe. Da ich für den Ausritt meine Reitstiefel trug, konnte ich mich zwischen trockenem Gras und Ästen kaum lautlos bewegen. Das Gewehr fest in der rechten Hand durchforschte ich das dürre Gebüsch sorgfältig mit den Augen, dann fiel mir ein dunkler Fleck am Boden gerade vor dem ersten Strauch auf – es war unverkennbar Blut. Hatte hier ein Raubtier sein Beuteversteck? Wenn ja, so durfte ich mich dieser Stelle auf keinen Fall nähern, denn es war lebensgefährlich, zwischen beispielsweise einen Bären oder Puma und seinen Fleischvorrat zu geraten. Doch ich vernahm weder einen typischen Raubtiergeruch, noch sah ich Tierfährten, und deshalb bog ich die Zweige vorsichtig auseinander und ging langsam weiter.

Es war Santiago. Der Apache war erst auf den zweiten Blick zu entdecken und lag seitlich unter einem niedrigen Baum im Schatten, eine Hand an seiner blutenden Hüfte, in der anderen einen Revolver, den er möglicherweise auf der Flucht erbeutet hatte. Er hatte mich längst gehört und den Revolver auf die Stelle gerichtet, an der ich aus dem Gebüsch getreten war. Der Hahn der Waffe klickte deutlich hörbar, als der Mann sie entsicherte. Ich stand regungslos und versuchte, meinen rasenden Herzschlag zu beruhigen.

Kein Schuss ertönte. Ich konnte nicht sagen, ob dem Flüchtigen klar geworden war, dass dies die Soldaten alarmieren konnte, oder ob er mich erkannt hatte. Während der Mann mich weiterhin finster anstarrte, stellte ich mein Gewehr mit dem Lauf nach oben auf dem Boden ab. Wir maßen uns stumm einige Augenblicke, dann nickte der Mescalero in die Richtung, in der er mein Reittier vermutete und fragte leise auf Spanisch:

„Soldaten?"

Ich schüttelte den Kopf, aber mir wurde klar, dass meine eigenen Spuren den Armeetrupp sehr leicht auf die Fährte des Flüchtigen führen konnten. Doch woher hätte ich ahnen sollen, dass er sich genau auf diesem Hügel verborgen hielt?

Ich schritt vorsichtig und nach allen Seiten Ausschau haltend zu Jynny zurück, wo ich mein Verbandszeug, das ich immer mit mir führte, etwas Maisbrot und eine Feldflasche mit Wasser aus ihren Satteltaschen nahm. Bisher hatten wir auf unserer Ranch nicht sehr viele Verwundete gehabt, als dass ich es gewöhnt gewesen wäre, ständig Verbände anzulegen.

Obwohl der Mann sah, was ich ihm brachte, war sein Gesicht immer noch unnahbar, und dies verstimmte mich etwas. Immerhin hatte ich ihn von den Soldaten befreit, und ich fragte mich, ob Dankbarkeit bei den Apachen ebenso wenig gezeigt wurde wie andere Gefühle. Wie ich allerdings Maria darauf ansprechen konnte, ohne mich zu verraten, war mir noch nicht klar. Der Mescalero jedenfalls nahm die Verbände wie selbstverständlich, und ebenso das Wasser und Maisbrot.

Er verband sich rasch, danach aß und trank er schweigend, und ich wartete ebenso schweigend, während ich meinen Blick über die Ebene unter mir schweifen ließ und ein leichter Wind über die Hügelkuppe fuhr. Schließlich gab mir der Apache meine Feldflasche zurück und erhob sich. Ich ahnte, dass er sich heimlich in die Reservation zurück schleichen würde, wo seine Familie war.

„*Ko ʔìgą̀*," sagte er plötzlich, und ich blickte erstaunt hoch.

„*Ko ʔìgą̀*," wiederholte er, „das ist mein Name. Es bedeutet „Tötendes Feuer"."

Ich nickte langsam und stand ebenfalls auf. Von Maria wusste ich, dass Apachen ihren Namen nicht jedermann preisgaben, und dass sie mehrere Namen besaßen, oft auch einen sehr persönlichen, der nur den engsten Verwandten und Vertrauten bekannt war. Viele Kriegsnamen hatten mit Wut, Krieg oder Tod zu tun, und deshalb war mir klar, dass dies der Kriegsname des Mannes war. Natürlich war Santiago ein Name, den die Weißen ihm gegeben hatten, da ihnen die Aussprache der indianischen Begriffe zu kompliziert war. Ich erinnerte mich, was mein Vater damals auf unserer ersten

Farm dem Apachen erzählt hatte, der nach meinem Namen gefragt hatte.

„Mein Name ist Eve. In unserer Religion ist dies der Name der ersten Frau. Mein Name bedeutet „Leben"."

Ko ʔìgạ̀ versuchte, meinen Namen auszusprechen, und auch ich gab mir Mühe, die Apachenworte zu sagen, aber er erzielte deutlich bessere Ergebnisse als ich. Wie auch in anderen Sprachen der Apachen wurden bei den Mescalero viele gleichlautende Worte nur durch eine andere Betonung unterschieden.

Ich nickte dem Krieger kurz zu, dann, unbeholfen meine Spuren verwischend, schritt ich den Hügel zu Jynny hinunter. Einen Apachen hätte ich nicht täuschen können, aber die Soldaten mochten an der Stelle vorüber reiten, ohne die Fährte zu entdecken. Bei meiner Stute angekommen packte ich den restlichen Verband und die Feldflasche wieder in die Satteltaschen. Im Aufsitzen blickte ich noch einmal zu der Baumgruppe auf der Anhöhe hinauf und sah den Mescalero zwischen den Büschen stehen. Dann verschwand er lautlos.

Ich lenkte Jynny in leichtem Trab heimwärts. Die Sonne stand schon hoch, als ich auf der Ranch ankam, und meine Aussage, vor dem Mittagessen zurück zu sein, musste ich mit einer sehr guten Ausrede korrigieren. Den Rest des Tages schritt ich wie schwebend umher, in Gedanken gefangen. Was tat ich?

****

Am nächsten Morgen erwachte ich früh, der Himmel war noch dunkel. Ich hörte Maria bereits leise in der Küche hantieren und gedämpft mit Josey, einem unserer Arbeiter sprechen. Doch das konnte mich nicht geweckt haben, diese Geräusche hörte ich jeden Tag. Nein, meine Unruhe hatte andere Gründe – Gründe, die ich gestern westlich unserer Ranch unter einem niedrigen Baum getroffen hatte.

Für einen Augenblick schloss ich die Augen und schöpfte tief Atem. Warum hatte ich nicht erzählt, dass ich den flüchtigen Apachen gesehen hatte? Konnte es mir nicht gleichgültig sein, wenn er wieder gefasst werden würde? Ich öffnete die Augen wieder und stand leise auf. Das Wasser in meiner Waschschüssel war angenehm kühl von der Nacht und vertrieb meine trüben Gedanken. Dann kleidete ich mich an und verließ mein Zimmer.

Maria sah mich überrascht an, als ich so ungewöhnlich früh in die Küche trat, und es folgte die unweigerliche Frage, ob es mir gut ging. Als ich dies aber bejahte, setzte sie mir ihren starken süßen Kaffee vor und legte Brot auf den Tisch. Ich aß ganz in Gedanken, bis unvermittelt lauter Hufschlag im Hof erklang.

Dankbar für eine Ablenkung stand ich auf und sah in der Tür stehend abermals eine Gruppe Soldaten auf unser Haus zureiten. Mein Vater, der gerade mit einigen Cowboys zur östlichen Weide aufbrechen wollte, wendete sein Pferd, um sie begrüßen. So trat auch ich auf die Veranda hinaus.

Es waren etwa ein Dutzend Männer, die ein schlaksiger, rothaariger Sergeant anführte, sowie ein unscheinbar aussehender Zivilist mit seltsam hellen Augen, der unablässig die Umgebung musterte. Der Sergeant legte grüßend die Hand an seinen Hut, als er mich sah, und abermals, als mein Vater herankam.

„Guten Morgen, Ma'am, Sir," grüßte er uns, „wir sind hier, um die Spur des flüchtigen Apachen aufzunehmen, der vorgestern entkommen ist."

Mein Vater sah ihn mit zweifelndem Blick an.

„Sir, ich denke, das hat wenig Erfolg. In der fraglichen Nacht hat es stark geregnet, und seitdem haben meine Arbeiter selbst zahlreiche Spuren hinterlassen. Hier werdet Ihr keine Fährte finden können."

„Das wissen wir bereits, und auch, dass er nach Norden geflohen ist, aber unser Scout, Mr. George Olson, wird die Fährte abseits Eurer Ranch finden. Ich möchte Euch nur bitten, uns zu zeigen, wo der Gefangene angebunden war. Von dort aus werden wir beginnen."

Mein Vater nickte und deutete auf den Schuppen und den Zaun, wo die Soldaten gelagert hatten. Gleichzeitig hatte sich mein Herzschlag beschleunigt, und ich fragte mich unwillkürlich, wie wahrscheinlich es war, dass der Scout die Fußspuren nach zwei Tagen noch entdecken konnte. Konnte es sein, dass er sogar die Stelle fand, an der ich auf den Apachen getroffen war? Weshalb verfolgten die Soldaten diesen Krieger so hartnäckig? War es ein Fehler gewesen, ihm zu helfen und ihn zu decken?

Unruhig trat ich näher und fragte:

„Gibt es einen besonderen Grund, weshalb Ihr gerade diesen einen Apachen ergreifen wollt? Wessen wird er beschuldigt?"

Der Sergeant kratzte sich etwas verlegen am Kopf und antwortete:

„Ma'am, dieser Mann ist bekannt dafür, dass er die Reservation immer wieder verlässt und mit anderen unzufriedenen Kriegern die benachbarten Siedlungen überfällt. Vor nahezu zwei Wochen allerdings haben er und einige andere Männer sich betrunken und in diesem Zustand acht Rinder eines Ranchers erschossen. Es wäre besser, wenn Ihr ihm nicht zu nahekommt."

Ich nickte, erwiderte aber nichts. Wie sollte ich auch. Ich war diesem Mann bereits zweimal nähergekommen, als es der pflichtbewusste Sergeant gutheißen würde. Und ich wusste sogar, wo sich der Flüchtige vor nicht einmal 24 Stunden aufgehalten hatte. Dennoch war ich immer noch nicht bereit, den Krieger zu verraten.

Schweigend beobachtete ich, wie die Soldaten zu dem Zaun ritten, an den *Ko ʔìgą`* gefesselt gewesen war. Der Scout saß ab und ließ seine Blicke über das Land wandern. Dann verließen sie unsere Ranch in Richtung Norden, langsam und prüfend. Der Fährtensucher ritt ein paar Yards vor den Soldaten, leicht im Sattel nach unten geneigt, um den Erdboden scharf im Auge zu behalten.

Mit leichtem Bedauern wandte ich mich ab. Es war ein offenes Geheimnis, dass die zur Untätigkeit verdammten Apachen im Reservat von zwielichtigen Gestalten illegal Whiskey verkauft bekamen und im berauschten Zustand Unruhe stifteten. Mal kam es zu Streitigkeiten unter den Familien, manchmal sogar zu Überfällen und Toten. Die Anführer der einzelnen Untergruppen waren ebenso machtlos gegen diesen Missbrauch wie die Armee und die Indian Agents. In diesem weiten Land schienen die Gesetze zwei unterschiedlichen Wegen zu folgen.

Dog Cañon, New Mexico (©VE)

5. AUGENBLICKE

Der Herbst zog über das Land. Die Hitze ließ kaum merklich nach, der Himmel war blau und wolkenlos, doch die Blätter der Cotton Woods an den Flussläufen färbten sich gelb und orange. Die sommerlichen Regenfälle hatten das Gras ein letztes Mal saftig grün gefärbt, bevor das Land wieder austrocknete. Gegen Ende des Sommers war es zu vereinzelten Buschfeuern gekommen. Keines davon war unserer Ranch gefährlich geworden.

Ich hatte, von gelegentlichen kurzen Besuchen auf der Reservation abgesehen, seit Wochen keinen Kontakt mehr zu den Apachen gehabt. Da die Nächte immer kühler wurden, hatte ich einmal nicht nur Lebensmittel, sondern auch ein paar Decken zum Lager gefahren. Im Winter würden Hunger und Kälte die erschöpften Menschen noch mehr schwächen.

Es war Anfang September, als mein Vater eines Abends einige Freunde eingeladen hatte. Meine Mutter war Tage vorher zurückgekehrt, und sie schien sich über die Gelegenheit zu freuen, Gäste empfangen zu können. So halfen Maria und ich ihr beim Kochen und Bewirten der Männer, die essend und plaudernd im Esszimmer saßen und über den Sommer, ihre Herden und die Apachen sprachen.

Ich war gerade dabei, die letzten Teller und Gläser vom Tisch zu räumen, während die Gäste aufstanden, um sich zum Rauchen in den Salon zu begeben. Ein Bekannter meines Vaters zündete sich gerade eine dicke, stark riechende Zigarre an, als er sagte:

„Weißt du, Sebastian, diese verdammten Apachen haben mir jetzt schon zum dritten Mal in diesem Sommer Pferde gestohlen – sogar aus der Koppel vor dem Haus."

Mein Vater zog an seiner Zigarette und sah den Sprecher aufmerksam an. Keiner hatte bemerkt, dass ich zuhörte und die Teller besonders behutsam aufeinanderstellte, damit mir ja kein Wort entging.

„Bist du sicher, dass es Apachen waren, Robert?" fragte mein Vater zurück. Die Männer lachten auf, und ein anderer erwiderte:

„Seit diese Rothäute im Reservat leben, nehmen die Diebstähle zu, das musst doch auch du bemerkt haben."

Mein Vater erwiderte nichts – denn auf unserer Ranch kamen selten Diebstähle vor. Das mochte einerseits an der guten Organisation unserer Weidereiter liegen, andererseits an dem grundsätzlich guten Verhältnis der Apachen zu meinem Vater. Pferde oder Rinder verschwanden bei uns nur manchmal auf den äußeren Weiden, und dies war wahrscheinlich amerikanischen, mexikanischen und vielleicht auch indianischen Banditen zuzuschreiben.

„Wir haben die Soldaten in Fort Stanton benachrichtigt – das kann so nicht weitergehen. Entweder Major Price greift ein, oder wir kümmern uns selbst darum," nahm der erste Sprecher wieder das Wort auf.

Ich blickte alarmiert hoch, als alle Anwesenden mit Ausnahme meines Vaters ihm zustimmten. Langsam zogen sich die Männer in den Salon zurück, wohin ich ihnen ohne triftigen Grund nicht folgen konnte. So brachte ich hastig das Geschirr zu Maria in die Küche und eilte ins Esszimmer zurück, wo ich mich so unauffällig wie möglich an der Türe zum Salon herumdrückte. Aber die Männer sprachen nur noch generell über die Apachen und nicht über das erhoffte Eingreifen der Soldaten.

Am nächsten Tag unterrichtete ich wieder und fuhr früh mit dem Einspänner in die Stadt. Nach dem Unterricht, der Himmel hatte sich verdunkelt und ein scharfer Wind wehte Sand und Äste vor sich her, bog ich wieder einmal an der Abzweigung zur Reservation ab. Die armseligen Zelte und Hütten, an denen ich so oft gehalten hatte, schienen verlassen, einige Lederfetzen und Decken flatterten im Wind. Erstaunt spähte ich zu der ruhigen Siedlung hinüber – hatten die Apachen ihr Lager verlegt? Doch da bewegte sich ein Hütteneingang, und ein Soldat trat heraus.

Ohne zu zögern, lenkte ich den Wagen auf den Soldaten zu. Nun konnte ich hinter ihm noch andere Bewaffnete sehen, die die verlassenen Behausungen weiter hinten am Waldrand durchsuchten. Der erste Soldat hatte mich entdeckt und kam mir entgegen. Als er mich erkannte, legte er grüßend die Hand an seine Kappe.

„Good day, Mrs. Rawford," sagte er, und ich erkannte, dass er zu den Soldaten gehört hatte, die mit *Ko ʔìgą̀* auf unserer Ranch übernachtet hatten.

„Was führt euch hierher?"

„Ich bin auf dem Weg nach Hause und sah diese Hütten verlassen – was ist geschehen?"

„Nun, Ma'am," antwortete der Soldat und kratzte sich ein bisschen verlegen am Kopf, „vor ein paar Tagen erreichten uns zahlreiche Klagen der Rancher und Dorfbewohner, dass ihnen wiederholt Pferde gestohlen worden waren, und dass dies den Apachen zuzuschreiben sei."

„Ist das sicher?"

Der Soldat zuckte die Schultern.

„Apachen sind Pferdediebe, das ist bekannt. Und sie betrachten dieses Land immer noch als ihr Eigentum."

Ich wollte scharf erwidern, dass dieses Land auch ursprünglich ihr Eigentum war, aber ich schwieg. Ich wusste, dass die Apachen die Reservationsgrenzen nicht kennen konnten, da diese tatsächlich immer noch nicht klar abgesteckt waren. Die Mescalero betrachteten dieses Land wirklich als ihres und erwarteten von den dort siedelnden Weißen gelegentlichen Tribut – in Form von Vieh.

„Jedenfalls hat Major Price von Superintendent Edwin Dudley die Vollmacht bekommen, jedes Mittel zu ergreifen, das ihm nötig erscheint. Major Price hat deshalb gestern zwei Anführer der Mescalero inhaftiert, um sie als Geiseln zu behalten, bis die gestohlenen Pferde wieder herbeigebracht werden."

Der Soldat machte eine ausladende Geste zu dem leeren Lager.

„Daraufhin haben sich sofort etwa 200 Mescalero aus dem Staub gemacht, manche sicher nach Mexiko, andere vielleicht nach Norden zu anderen Indianerstämmen. Einige Familien aber sind hiergeblieben."

Ich sog scharf die Luft ein. In diesem Fall würden die Menschen wieder gejagt werden, und der Krieg nahm kein Ende. Das Land war weit, und die Apachen kannten sich besser aus als die Soldaten, von denen manche erst vor kurzem hier eingetroffen waren. Und was würde der erneute Ausbruch an Feindseligkeiten für die hier wohnenden Menschen bedeuten? Mit einem letzten Blick über die verlassenen Hütten dankte ich dem Mann für seine Auskunft und lenkte den Wagen aus dem Reservat hinaus.

****

Nur ein paar Tage später hatte ich mich mit Chess und zwei weiteren Cowboys auf den Weg gemacht, um ein paar verirrte Rinder zu suchen. Das Wetter war herbstlich schön, der Himmel klar blau, und nur der tieferwandernde Schnee auf den Berghängen sowie die kühlere Luft am Abend erinnerte uns daran, dass der Sommer nun endgültig vorbei war. Ich war seit einigen Tagen nicht mehr ausgeritten und hatte den ersten freien Tag benutzt, um der Enge der kleinen Schule und unseres Hauses zu entkommen. Eine seltsame Unruhe trieb mich um, ich lauschte auf Nachrichten von der Verfolgung der Apachen, doch ich wollte meinen Vater nicht direkt fragen, um kein Misstrauen zu erwecken.

Chess, unsere Cowboys und ich ritten von unserer Ranch nach Norden bis in das kleine Tal, in dem sich die Herde befunden hatte. Von dort aus trennten wir uns in zwei Gruppen und folgten den Spuren mehrerer Rinder, die sich langsam von der Gruppe entfernt hatten. Gegen Nachmittag hatten wir bis auf einen alle Ausreißer in einem Gewirr von kakteenüberwucherten Felsschluchten gefunden. Chess wollte mich überzeugen, diese Rinder mit den anderen Männern zur Ranch zurückzubringen, damit er das letzte Tier finden konnte. Doch ich bat ihn, mir die Suche zu überlassen, da ich den seltenen freien Augenblick genießen wollte. Er sah mich nicht gerne allein fortreiten, aber auf mein fortgesetztes Bitten hin gab er nach, ermahnte mich aber, mich vor Einbruch der Dunkelheit wieder in dem kleinen Tal einzufinden.

Langsam lenkte ich Jynny durch die engen Fels-schluchten, die noch die Wärme des Tages wider-strahlten, und achtete mehr auf Bewegungen, denn auf Geräusche. Chess musste schon etwa eine Vier-telstunde entfernt und damit außer Hörweite sein, als ich vor mir in einem sandigen Talgrund die letzte Kuh entdeckte. Sie war getötet und geschlach-tet worden, und an den Spuren ringsherum er-kannte ich sofort, dass noch Minuten vorher Men-schen bei dem Tier gewesen waren.

Innerhalb von Sekundenbruchteilen erkannte ich die Gefahr, in der ich mich befand. Von den Steinwänden rings um mich hörte ich, wie zahlrei-che Repetiergewehre entsichert wurden, und plötz-lich tauchten sie um mich herum auf, schemenhaft: vier, fünf Apachen in ihrer seltsamen Mischung aus Leder- und Stoffkleidung, einige ein Stoffband um die Stirn geknotet und alle mit hartsohligen, hohen Ledermokassins. Jeder von ihnen hielt ein Gewehr in den Händen, und manche davon waren auf mich gerichtet. Mit Entsetzen sah ich, dass alle Männer sich mit gelber und roter Farbe Streifen, Punkte und Kreise ins Gesicht gemalt hatten – die Zeichen für Krieg. Im langsam dämmrig werdenden Licht schimmerte die gelbe Farbe wie die phosphoreszierenden Augen von Wölfen.

Einige Herzschläge lang wagte ich es nicht, mich zu bewegen, und mit wachsender Panik fragte ich mich, warum sie noch nicht geschossen hatten. War ich doch ein Feind, und ich wusste, dass die Apachen mit ihren Feinden nicht zimperlich umgingen. Ein schneller Tod war das gnädigste Schicksal, das ich erwarten konnte. Vielleicht befürchteten sie, dass Chess doch noch zu nahe war, als dass er die Schüsse nicht hören würde. Meine Gedanken rasten, und ich überlegte verzweifelt, was ich tun konnte. Ich selbst war keine wirkliche Gefahr für sie, denn auch wenn ich ein Gewehr und mein Messer bei mir trug, war allen klar, dass ich keine Chance hatte, diese Waffen zu gebrauchen, bevor sie mich überwältigen konnten.

Die Apachen rührten sich ebenfalls nicht. Keiner sprach, keiner machte Anstalten, sich mir zu nähern. Mein Herz schlug mir bis zum Hals. Die Sekunden dehnten sich. Da kam mir eine verwegene, eine wahnwitzige Idee. Wenn diese Männer mich nun schon überrascht hatten, dann hatte ich nicht viel zu verlieren. Langsam hob ich beide Hände, um zu zeigen, dass ich nicht zu den Waffen greifen würde. Ein Krieger schien dies als Aufforderung zu verstehen, er trat näher und riss mir das Gewehr aus dem Sattelschuh. Jynny schnaubte unruhig und tänzelte auf der Stelle, doch sie ging nicht durch. Nach einigen wenigen Augenblicken der Stille senkte ich meine linke Hand hinunter zu meiner Satteltasche, öffnete sie und zog eines der roten Bänder hervor, mit dem mein Vater die Rinder für die Apachen kennzeichnete.

Ich schöpfte tief Atem, zog meine Füße aus den Steigbügeln und saß ab. In den Augenblick, da ich mit beiden Händen am Sattelhorn zu Jynny gekehrt stand, war mir vollständig bewusst, dass mir jeden Augenblick mindestens fünf Gewehre in den Rücken schießen konnten. Noch einmal zog ich die Luft tief in meine Lunge, drehte mich langsam um und trat zu der geschlachteten Kuh. Dort kauerte ich mich nieder und band das rote Band an eines ihrer Hörner. Als ich mich wieder aufrichtete, wies ich mit beiden offenen Händen erst zu der Kuh, dann zu den Männern. Und ich hoffte, dass sie verstanden, was ich sagen wollte, dass ich ihnen diese Kuh schenken wollte, dass ich ihnen nicht weiter folgen wollte. Sie bewegten sich immer noch nicht.

Doch als ich wieder zu Jynny trat und aufsitzen wollte, fasste mich einer der Apachen hart am Oberarm und riss mich zurück. Gleichzeitig ergriff ein anderer Jynnys Zügel und versuchte, sie fortzuziehen. Ein dritter Krieger öffnete bereits meine Satteltaschen und begann, Munition und Lebensmittel herauszuholen.

„Nein!" stieß ich unwillkürlich hervor, entsetzt und gleichzeitig entschlossen. Sie konnten mir meine Stute nicht fortnehmen – ich wusste, dass Apachen Pferde bis zur völligen Erschöpfung ritten und dann schlachteten, wenn sie im Krieg waren. Ich konnte ihnen das Tier nicht überlassen und versuchte verzweifelt, mich vom Griff des Kriegers zu befreien. Doch gegen die Stärke eines ausgewachsenen Mannes hatte ich keine Chance, und er schleuderte mich mit beschämender Leichtigkeit von sich.

Ich prallte gegen die raue Felswand und fiel auf den sandigen Boden, schnellte jedoch sofort wieder auf die Beine. Jetzt rissen alle Apachen ihre Gewehre hoch und richteten sie auf mich. Für Bruchteile von Sekunden stand ich wie erstarrt und erwartete jeden Augenblick den Einschlag einer Kugel. Doch abermals geschah nichts.

Noch bevor ich einen klaren Gedanken fassen konnte, ertönte von hoch über den Kriegern ein Ruf, und ein weiterer Apache erschien auf der Felswand, dunkel abgehoben gegen den abendlichen Himmel. Auch er trug ein Gewehr, und obwohl er im Gegenlicht den Felshang hinuntersprang, erkannte ich *Ko ʔìgą̀*. Er blickte nicht zu mir, sondern sprach mit ruhiger Stimme auf den Mann ein, der der Anführer der Kriegstruppe zu sein schien. Dabei nickte er mit dem Kopf leicht in meine Richtung, legte seine Hand an seine Hüfte und verwies immer wieder auf das rote Band am Horn der Kuh.

Der andere Apache aber blickte auf mein Pferd, mein Gewehr, und mir war klar, dass die kriegsführenden Apachen genau das brauchten: Pferde und Waffen. Doch *Ko ʔìgą̀* ließ sich nicht beirren. Er trat zu dem Krieger, der meine Satteltaschen durchwühlte, und zog die mit Perlen und Samen geschmückte Schnur hervor, die ich tatsächlich immer bei mir trug. Schließlich wandte er sich zu mir und sagte deutlich auf Spanisch, auch wenn es nicht für mich bestimmt zu sein schien:

„Diese Frau besitzt mein Vertrauen. Sie hat unseren Kindern Nahrung und Stoff gegeben, ihr Vater ist der Mann mit den roten Bändern. Ihr Name bedeutet Leben. Ihr darf nichts geschehen."

Einige Augenblicke verstrichen, dann löste sich die Anspannung der Männer. Der Anführer gab ein einfaches Handzeichen, worauf der Krieger mein Gewehr wieder in den Sattelschuh steckte, die anderen meine Habseligkeiten in Jynnys Satteltaschen stopften und die Zügel fahren ließen. Dann verschwanden sie ebenso lautlos, wie sie erschienen waren, nur *Ko ʔìgą̀* stand noch bei mir. Er schlang die zusammengerollte Samenschnur und die Zügel zwei-, dreimal um Jynnys Sattelknauf.

„Du kannst reiten," sagte er, „dir wird nichts mehr geschehen."

Ich fühlte, wie die Anspannung aus mir wich, und wie mein Körper unkontrolliert zu zittern begann. So nah war ich dem Tod gewesen, so unfassbar nahe. Mir war völlig unbegreiflich, dass dieser Apache, der mir bisher noch kein einziges Mal freundlich ins Gesicht geblickt hatte, mein Leben gerettet hatte. Mit aller Beherrschung, zu der ich fähig war, nickte ich und sagte leise, wobei meine Zähne wie im Fieber aufeinanderschlugen:

„Wir werden diese Kuh nicht mehr suchen."

Ich trat zu Jynny, legte beide Hände auf den Sattel und zog mich schwer wie eine alte Frau hinauf. Der Apache hatte sich bereits wieder abgewandt und war schon auf halbem Weg zur Felswand. Ich nahm Jynnys Zügel und war froh, dass es in der Sprache der Apachen weder ein Wort für Danke noch ein Abschiedswort gab, denn ich war nicht sicher, ob ich noch zu sprechen imstande war. Langsam und aufgewühlt kehrte ich in das kleine Tal zu Chess zurück und war dankbar für die rasch hereinbrechende Dunkelheit, die mein schockstarres Gesicht verbarg.

Wickiup der Apachen bei Fort Bowie, Arizona (©VE)

6. Das Lager

Es dauerte ein paar Tage, bevor ich den Schrecken dieses Nachmittags überwunden hatte. Chess hatte zwar den ganzen Rückweg wütend vor sich hingegrummelt, dass ich so spät erschienen war, aber er hatte sich bereitwillig mit meiner Geschichte abgefunden, dass die letzte Kuh abgestürzt und verendet war. Wieder auf der Ranch hatte ich große Müdigkeit vorgeschützt und war sofort auf mein Zimmer gegangen. Dort hatte ich die feine Schnur hervorgezogen und durch die Finger gleiten lassen. Sie hatte mir das Leben gerettet, sie und der Krieger. *Ko ʔigą̀*, das tötende Feuer.

Ich schlief sofort und traumlos ein, erwachte aber vor Sonnenaufgang mit rasendem Herzen, und die undeutlichen Bilder, die vor meinen Augen vorbeizogen, ließen mich nicht mehr zur Ruhe kommen. Als die Sonne ihr Licht in mein Zimmer schickte, war ich zu einer Entscheidung gekommen. Ich entkleidete ich mich vollständig und trat zu meiner Waschschüssel. Die Kälte des Wassers brachte mich zu Bewusstsein, und als ich mein Gesicht im Spiegel sah, schien es mir nicht wesentlich verändert. Aber etwas war geschehen, als sei ein Feuer in mir entfacht, das sich nicht löschen ließ.

Nie zuvor war mir so klar, so bewusst, was ich zu tun hatte. Und nie wieder danach war ich gleichzeitig so zuversichtlich und so zerrissen. Mir war klar, dass ich mein Vorhaben geheim halten musste, aber ich konnte nicht absehen, wie lange mir dies gelingen würde. Und ich konnte nicht ermessen, was die Folgen sein würden, wenn ich entdeckt werden würde. Aus diesem Grund konnte ich auch nicht vorsorgen für den unbestimmten zukünftigen Zeitpunkt. Ich musste es einfach geschehen lassen.

Die natürliche Reaktion wäre gewesen, dass ich in der nächsten Zeit Ausritte in das gefährliche Gebiet unterlassen hätte. Doch daran verschwendete ich keinen Gedanken. Ich war in Todesgefahr gewesen, und doch war ich entkommen. Ich hatte die entflohenen Apachen gesehen, ich wusste, wo die Soldaten ihre Spur wieder aufnehmen konnten. Sicher waren dort in der Nähe des Cañons nicht nur die Krieger, sondern auch ihre Familien. Es war Herbst, bald würde der Winter kommen, und ich wusste, was ich zu tun hatte.

Schon an dem ersten Tag nach meiner Begegnung mit den entflohenen Apachen begann ich, einen kleinen Vorrat anzulegen: ausgediente Decken, die keiner vermisste, haltbare Lebensmittel, ausgemustertes Werkzeug, dessen Verschwinden niemandem auffiel. Über die nächsten Wochen wuchs mein Vorrat beträchtlich, vor allem, wenn ich auf unseren Einkaufsfahrten nützliche Dinge zusätzlich erwerben konnte.

Und dann war es wieder so weit – ich konnte drei unserer Männer auf die nördliche Weide begleiten. In meinen Satteltaschen sorgfältig verborgen hatte ich ein altes Messer, mehrere Konservenbüchsen, ein Seil und mehrere rote Bänder. In meine eigene Decke eingeschlagen hatte ich zwei andere Decken und eine Axt. Mein Herz klopfte heftig vor Aufregung, als wir uns der Weide näherten, und unbemerkt von unseren Männern blieb ich immer weiter zurück. Dann, als alle mir den Rücken zudrehten, lenkte ich Jynny rasch in den cañonartigen Einschnitt, in dem ich Wochen zuvor die geschlachtete Kuh gefunden hatte.

Es war bedeutend kühler als beim letzten Mal, und ein beißender Wind fegte um die Steinwände. Ich fand den Schlachtplatz mühelos wieder, einige

Knochen und der Schädel der Kuh lagen noch dort, doch diesmal sah ich mich sichernd nach allen Seiten um. Ich wusste natürlich, dass die Apachen sich beim Heulen des Windes noch viel besser anschleichen konnten, aber ich wollte ihnen dieses Mal wenigsten zeigen, dass ich mir ihrer Anwesenheit bewusst war. Langsam und vorsichtig näherte ich mich der Mitte der sandigen Mulde und saß vor einem flachen Stein am Boden ab.

Jynnys Zügel locker in der Hand knotete ich die Decken auf, entnahm die Axt, das Messer und die Vorräte und schlug alles in die beiden Decken ein wie ein Paket. Dann umschnürte ich es mit dem mitgebrachten Seil und knotete eines der roten Bänder oben an das Seil. Das so markierte Paket legte ich gut sichtbar auf den flachen Stein und saß wieder auf. Während ich Jynny herumzog, spähte ich die Felswände hinauf. Keine Gestalt war sichtbar geworden, kein Krieger hatte auf mich gefeuert. Waren sie überhaupt da? Oder waren sie schon weitergezogen, immer noch auf der Flucht vor den Soldaten?

Langsam ritt ich aus dem Tal und prüfte dabei immer wieder, ob mir jemand folgte. Doch ich gelangte unbehelligt auf die Ebene hinaus und gesellte mich ein paar Minuten später wieder zu den Cowboys, die mich etwas verwirrt ansahen. Offenbar war ihnen mein Verschwinden irgendwann bewusst geworden, aber sie hatten keine Ahnung gehabt, wo ich abgeblieben war. Dies konnte mir nur recht sein.

In der früh einbrechenden Dunkelheit ritt ich mit den Männern zurück, tief in Gedanken versunken. Beim nächsten Besuch in dem kleinen Tal würde sich herausstellen, ob die Apachen immer noch in der Nähe waren oder ob meine Geschenke dort umsonst lagen. Und sollten die Mescalero noch hier sein, so nahm ich mir vor, würde ich Paket um Paket dort abliefern, solange ich Atem hatte.

****

Der Winter zog ins Land. An manchen Tagen erwachte ich bei Schneetreiben, an anderen hatte der Wind den Boden blank gefegt. Wenn sich ein makellos blauer Himmel über mir spannte, dann fiel es mir schwer, den Wagen in Richtung Stadt und Schule zu lenken, denn in Gedanken war ich immer öfter bei den Apachen. Ich erfuhr, dass Major Price im November ein kleines Lager flüchtiger Mescalero aufgespürt und alle sieben Bewohner getötet hatte – das war sein Auftrag. Auch wenn dieser

Zwischenfall die Apachen möglicherweise gegen mich aufbringen konnte, wollte ich weiterhin das kleine Tal besuchen.

Zwei Wochen waren vergangen, seit ich das letzte Paket deponiert hatte, und ich wartete rastlos auf eine Gelegenheit, in das Tal zurückzukehren. Auf der Ranch, so wusste ich, hätte keiner meinen Wunsch, bei diesem Wetter auszureiten, nachvollziehen können, denn jeder Cowboy war froh, wenn er bei diesem Wetter nicht auf die Weide musste.

Dann endlich ergab sich eine Möglichkeit an einem der Tage, an dem ich nicht unterrichten musste, und voller Vorfreude schnürte ich ein weiteres Bündel mit Decken, Vorräten und Werkzeugen. Warm eingepackt verließ ich auf Jynny unseren Hof und plauderte scheinbar gelöst mit Francis, während wir auf die nördliche Weide zuhielten. Wieder ließ ich nach einiger Zeit die zwei Cowboys vorreiten und bog unentdeckt in den kleinen Cañon ab.

Der Schnee im Talgrund war unberührt, nur die Fußspuren kleiner Tiere zogen sich am Rand des Talkessels dahin. Doch der Schnee musste gefallen sein, nachdem ich das Paket dort abgelegt hatte, denn es war fort. Dass es nicht von irgendwelchen Tieren fortgeschleppt oder von anderen hungrigen

Menschen fortgenommen worden war, erkannte ich daran, dass das rote Stoffband, das ich um das Seil geknotet hatte, an einen dünnen Stock gebunden worden war, den man neben dem flachen Stein in die sandige Erde gesteckt hatte. Die Apachen hatten mein Geschenk gefunden und angenommen.

Wieder schnürte ich ein Bündel, markierte es mit einem roten Band und legte es auf den flachen Stein. Einen kurzen Moment betrachtete ich es, dann ritt ich zurück und sah Francis verwirrt auf und ab reiten, weil er mich aus den Augen verloren hatte. Ich schlug einen kleinen Bogen, um scheinbar von einer anderen Seite zu kommen, da ich das kleine Tal nicht verraten wollte. Francis galoppierte auf mich zu und schnauzte mich an, wo ich denn gesteckt hätte. Da ich wusste, dass sein Ärger nur Sorge um mich war, antwortete ich ihm so ruhig wie möglich, dass mir beim Herreiten etwas aus den Satteltaschen gefallen war, das ich gesucht hatte.

Von nun an ritt ich immer wieder zu dem kleinen Tal und hinterlegte jedes Mal ein weiteres Bündel. Und jedes Mal, wenn ich wiederkam, war das Paket erneut verschwunden. Den ganzen Winter über versorgte ich die Apachen mit kleinen Gaben, und ich hütete mein Geheimnis wie einen Schatz. Immer wieder hörte ich unsere Cowboys und Gäste von den flüchtigen Apachen sprechen, von Mutmaßungen, wo sie sich verbargen, und möglichen Kampagnen während des Winters und des sehnsüchtig erwarteten Frühlings. Einmal lud mein Vater einige Offiziere von Fort Stanton zum Abendessen auf die Ranch ein, und während ich den Avancen eines freundlichen und erstaunlich rundlichen Majors namens Rolfe so höflich wie möglich begegnete, schlug mir das Herz bis zum Hals. Denn als die Gäste über die Verfolgung der Apachen sprachen, wurde mir so heftig bewusst, welches Wissen und welche Macht ich mit mir herumtrug, dass ich kaum einen Bissen des Essens hinunterbrachte.

Schließlich ließ die Kraft des Winters nach, und wärmere Winde fegten über das Land. Ich war unendlich dankbar für den Frühling, und dies nicht nur, weil ich nun wieder unbeschwerter ausreiten und auch meine Hilfssendungen allein austeilen konnte. Der Winter war die Jahreszeit, in der meine Mutter nicht reisen konnte und in der sie folglich viele Wochen ununterbrochen auf unserer Ranch verbracht hatte. Die dunkle Jahreszeit, die Unmöglichkeit, sich im Freien zu bewegen und auch ihre generelle Abneigung gegen das Leben im Grenzland hatten ihre trübe und unglückliche Stimmung verstärkt.

Eines Abends hatten wir uns heftig gestritten. Sie hatte mir fortgesetzt Vorhaltungen gemacht, dass ich meinen Pflichten als Tochter und Frau nicht adäquat nachkommen würde: ich sei nicht wieder verheiratet, hätte keine Kinder und würde mich auch überhaupt nicht darum bemühen, einen entsprechenden Platz in der Siedlergemeinschaft einzunehmen. Obwohl ich alle meine Aufgaben auf der Ranch erledigte, machte sie mir Vorwürfe, zu viel außerhalb des Hauses zu sein. Mein Lebenswandel sei einer der Gründe, weshalb sie sich so zurückzog, und es würde sich alles ändern, wenn ich nur endlich so leben würde, wie sie es sich vorstellte. Ich wusste, dass ich als gehorsame Tochter die Pflicht hatte, ihren Wünschen nachzukommen. Aber ich konnte es nicht.

Und so flüchtete auch ich, sobald es das Wetter zuließ. Ich unternahm weite Ausritte und blieb stundenlang der Ranch fern. Immer wieder musste ich mir selbst die Frage stellen, was ich tat und was ich zu tun plante. Wohin mit mir, und wie passten ein Ehemann, Kinder und die Apachen in mein Leben? Ich fand keine Antwort, und doch ritt ich immer wieder in das Tal – nicht nur, um ein Paket abzulegen, sondern auch, um lange auf einem Felsvorsprung zu sitzen und zu warten. Auf eine Antwort zu warten.

****

Der Schnee war geschmolzen, und auf allen Hängen begannen sich zaghaft die ersten Pflanzen zu regen. Die Cowboys hatten alle Hände voll zu tun, um die neugeborenen Kälber zu suchen, zu zählen und die Muttertiere zur Herde zu treiben. Und wenn es die Schule zuließ, dann war ich mit ihnen auf den Weiden. Meine Mutter wollte in den nächsten Tagen wieder zu ihren Verwandten in den Norden reisen und ließ meinen Vater in äußerst gedrückter Stimmung zurück. Sicherlich machte sie auch ihm Vorhaltungen, weil er meinen Freiheitsdrang nichts einschränkte.

Eines Morgens war ich deshalb mit großer Eile der Enge des Hauses entflohen und hatte schon früh ein weiteres kleines Bündel mit Stoff, Nadeln und Kaffee gepackt, das ich in das Tal bringen wollte. In meinem Zimmer hatte ich außerdem einen kleinen Beutel bunter Glasperlen gefunden, den ich kurzentschlossen in meine Rocktasche schob. Allein und unbeobachtet ritt ich nach Norden und genoss die klare Luft und den freien Blick über das hügelige Land. In dem kleinen Tal angekommen, saß ich ab, legte das Bündel wie schon so oft auf den flachen Stein und setzte mich einen Augenblick nieder. Jynny schüttelte sich ausgiebig und trottete dann an eine Talseite, wo ein paar hellgrüne Grasbüschel wuchsen. Plötzlich schnaubte sie warnend und hob den Kopf.

Er stand fast an der gleichen Stelle wie im Herbst, doch diesmal nicht im Schatten. Er war genauso gekleidet, in ein helles Stoffhemd, Lendenschurz, hohe Ledermokassins und ein breites Stoffband um die Stirn gewunden. Auch hielt er wieder ein Gewehr in den Händen, doch sein Gesicht war nicht bemalt. *Ko ʔìgą̀* kam nicht als Feind zu mir.

Leichtfüßig sprang er zu mir herunter, während ich mich langsam erhob und das Geschenk in die Hände nahm. Als der Mann vor mir stand und ich es ihm reichte, sah ich den Anflug eines Lächelns auf seinem Gesicht. Seine Gestalt schien schmaler geworden zu sein, wahrscheinlich war das Wild in den winterlichen Bergen selten gewesen. Er nahm das Päckchen und steckte es in einen kleinen Lederbeutel, den er über der Schulter trug. Dann machte er mit dem Kopf eine einladende Bewegung und sagte:

„*Doo'* – Komm mit."

Ich sah ihn unsicher an, doch er wiederholte die Bewegung und die Worte, und in diesem Augenblick entschied ich mich. Ich war hier gesessen und hatte auf eine Antwort gewartet, und hier war sie. *Ko ʔìgą̀* war die Antwort. Ich trat zu Jynny und führte sie zum Ausgang des Tals, wo der Apache bereits auf mich wartete. Als ich zu ihm trat, schritt er rasch voraus und ich folgte ihm zu Fuß.

Wir gingen schweigend und wechselten nur selten einen Blick, wenn *Ko ʔìgą̀* mir bedeutete, dass wir eine andere Richtung einschlagen sollten. An einem kleinen Bachlauf hielt er kurz inne, und sofort senkte Jynny den Kopf, um zu trinken. Auch ich beugte mich nieder, um meine Feldflasche zu füllen. Der Mescalero trat vorsichtig zu meiner Stute und strich ihr mit Kennermiene über Hals und Flanken. Sie schnaubte kurz, ließ es aber dann geschehen. Ich konnte sehen, dass sie ihm gefiel, und dass er ihre Schnelligkeit und Ausdauer erkannte.

Weiter nach Westen gingen wir, und das Gelände stieg mehr und mehr an. Ich führte Jynny locker am Zügel, und da sie bergige Wege gewöhnt war, kletterte sie geschickt hinter uns her. Ab und zu musste ich eine Pause einlegen, da ich während des langen Winters wenig Bewegung gehabt hatte. Doch *Ko ʔigạ`* wartete jedes Mal geduldig, bis ich wieder Atem geschöpft hatte. Mir war klar, dass er allein den Weg in sehr viel kürzerer Zeit hätte zurücklegen und sicher auch weniger Spuren hinterlassen können.

Schließlich blieb er stehen. Er bedeutete mir, mich mit Jynny in den Schatten eines großen Felsblocks zu stellen, der fast am Gipfel einer Anhöhe lag, und dort zu warten. Er selbst huschte lautlos über die Felsen hinunter und lief den Weg zurück, den wir gekommen waren. Später, als ich verstand, wohin er mich geführt hatte, begriff ich, dass er hatte sicherstellen wollen, dass unsere Spuren verwischt waren, und dass niemand uns verfolgte. So jedoch setzte ich mich in den Schatten des Felsens, trank einen tiefen Schluck aus meiner Feldflasche und rieb Jynny ein wenig Wasser über die Nüstern.

Ich fühlte mich vollkommen sicher und vertraute dem Apachen ohne Vorbehalt. Es war, als ob es das Natürlichste der Welt gewesen war, einfach mit ihm mitzugehen, als ob ich das schon immer vorgehabt hätte. Ich saß hier, mehrere Stunden von der Ranch meiner Eltern entfernt, auf einem von der Frühlingssonne durchglühten Felshang, blickte über das weite Land und fühlte mich weder verlassen noch gefährdet. Ich war hier – aus irgendeinem Grund. Und ich hatte diese Entscheidung bewusst getroffen.

Es dauerte vielleicht eine halbe Stunde, dann kehrte *Ko ʔìgą̀* zurück. Er tauchte so lautlos neben mir auf, dass ich erschrocken von meinem Sitzplatz in die Höhe schoss, und wieder huschte ein Lächeln über sein Gesicht. Er winkte mich weiter, und wir schritten über den Höhenzug und durch ein Gewirr von Felsbrocken in einen Talgrund hinab. Dort folgten wir einem schmalen Wasserlauf eine ganze Weile, bis der Talgrund sich weitete und eine von Gebüsch und noch winterkahlen Bäumen bestandene ovale Fläche freigab. *Ko ʔìgą̀* blieb stehen und wandte sich zu mir um.

Es war ein Apachenlager. Etwa sieben bis acht niedrige Reisighütten, Wickiups oder *kuughà* genannt, waren zu beiden Seiten des kleinen Baches errichtet worden, dazwischen lagen Stapel mit Ästen und Brennholz, einige Körbe und ein paar Haufen mit zerschlagenen, hohlen Knochen. Auf einer Seite des Dorfes standen Gestelle, an denen sicherlich Fleisch getrocknet wurde. Staubfarbene, magere Hunde strichen zwischen den Hütten umher und schnüffelten hoffnungsvoll an den einzelnen Haufen. Vor manchen der *kuughà* brannten kleine, fast rauchlose Feuer, der ein oder andere Metallkessel stand daneben oder hing darüber.

Nun kamen auch langsam die Bewohner des Dorfes hervor. Zuerst lugte eine zurückhaltende Gruppe von Kindern, alle in recht abgetragenen Kleidern und mit zerzausten Haaren, und bei ihnen einige Frauen, hinter den Hütten hervor. Doch schneller, bestimmter und deutlich misstrauischer traten die Krieger an uns heran, umringten mich und sprachen halblaut auf *Ko ʔìgą`* ein. Dieser antwortete nicht, sondern zog das Paket mit Stoff, Nadeln und Kaffee hervor und reichte es einer Frau, die den Männern gefolgt war. Ich erkannte sie vom Reservat wieder, obwohl auch sie deutlich magerer geworden war. Es war *Ko ʔìgą`s* Schwester, und auch sie schien mich wiederzuerkennen. Sie sah außerdem das rote Band an dem Paket befestigt, und sofort hellte sich ihr Gesicht auf. Ohne zu zögern, fasste sie mich am Arm und zog mich hinüber zu der Gruppe Frauen und Kinder, die mich sofort neugierig umringten.

Die nächsten Augenblicke war ich nicht mehr Herr meiner Sinne. Die Menschen sprachen auf mich ein, deuteten auf das Paket und lachten, sie zeigten auf Decken, die sie um die Schultern trugen oder die vor den Wickiups hingen, und ich erkannte meine Gaben wieder. Die Kinder drückten sich scheu an ihre Mütter, nur ein Junge legte fordernd seine kleine Hand auf meine Hand, in der ich Jynnys Zügel hielt. Auch meine Stute war von dem Stimmengewirr und den fremden Gerüchen reichlich beunruhigt. Der Junge bedeutete mir, dass er mein Pferd zum Bach bringen und versorgen wollte. Schließlich, als er gar nicht nachgab, drückte ich ihm die Zügel meiner Stute in die Hand und sah ein wenig nachdenklich zu, wie er Jynny fortführte. Ich hoffte sehr, dass meine mangelnde Sprachkenntnis nicht irgendwann dazu führten, dass ich Situationen falsch verstand und die Apachen mein Pferd oder andere Gegenstände von mir als Geschenk erwarteten oder empfanden.

Die Frauen nahmen sich nun meiner an. Sie führten mich zu einem Feuer und begannen, den mitgebrachten Kaffee zu kochen. Eine Frau setzte sich dazu, um weiter an einem Tragkorb zu flechten, eine andere packte mein Paket mit Stoff und Nadeln aus. Die feinen Metallnadeln erregten große Aufmerksamkeit, da sie meistens schwierig zu bekommen waren. Unter zahlreichen Diskussionen wurden die Nadeln an alle Haushalte verteilt, und dann setzten sich die Frauen zum Arbeiten zusammen.

Nun kehrte ein wenig Ruhe ein, und ich begann, mich vorsichtig umzusehen. Einige Kinder hatten bereits das Interesse an mir verloren und spielten am Bach. Mir fiel allerdings auf, dass die Kinder ungewöhnlich leise waren, wusste aber sogleich, weshalb. Das Lager verbarg sich vor den Soldaten, und jedes laute Geräusch konnte es verraten. Ein Mädchen von vielleicht fünf Jahren jedoch stand immer noch stumm und unbeweglich ein paar Schritte von uns entfernt und blickte mich aufmerksam an. Keine der Frauen beachtete es, so lächelte ich ihm vorsichtig zu.

Ko ʔìgą̀`s Schwester bemerkte dies und ließ kurz ihre Näharbeit sinken. Sie stupste mich an und sagte langsam und mühevoll auf Spanisch:

„Sie....nicht....Mutter."

Ich sah *Ko ʔìgą*`s Schwester mit geweiteten Augen an und nickte dann. Die Mutter des Mädchens war wahrscheinlich gestorben. Ich war mir sicher, dass die Mescalero das Kind weder hungern noch frieren ließen, und es sicherlich in eine andere Familie aufgenommen worden war, aber es musste den Verlust trotzdem spüren. Wieder blickte ich zu dem Mädchen, das ein paar zögerliche Schritte nähergekommen war, und wieder lächelte ich es an. Ich sah, dass es ein Kleid aus einem meiner Stoffe trug und zog ein rotes Band aus meiner Tasche. Nun lächelte auch das Mädchen scheu und berührte ganz kurz sein Kleid und dann das Band. Ich winkte es näher, und es setzte sich an meine Seite.

Sogleich zog ich den Beutel mit den Glasperlen aus der Tasche und öffnete ihn. Die Augen des Mädchens weiteten sich vor Staunen, als ich einige der größeren Perlen herausnahm. Eine nach der anderen fädelte ich auf das Stoffband, bis der Schmuck lang genug für ein Armband war. Dann bedeutete ich dem Mädchen, seinen Arm auszustrecken und verknotete das Perlenband um sein Handgelenk. Die Frauen lachten anerkennend, und das Mädchen sprang erstaunt auf. Es betrachtete einen Augenblick seinen neuen Schmuck, dann rannte es zu seinen Spielkameradinnen und zeigte dort unter erstauntem Geflüster sein Handgelenk. Den Beutel mit den restlichen Perlen legte ich neben *Ko ʔìgą̀*'s Schwester.

Eine alte Frau setzte sich nun neben mich, sie trug ein zusammengeschnürtes und vorne abgerundetes Bündel aus festen Gräsern oder dünnen Zweigen in der Hand. Sie deutete mir an, dass ich mich mit dem Rücken zu ihr setzten sollte, und dann zog sie die Nadeln aus meinen hochgesteckten Haaren. Ich hörte bewundernde Ausrufe, als mein Haar bis zur Taille niederfiel, und dann begann die alte Frau, mit dem Reisigbündel mein Haar zu kämmen. Ich wusste von Maria, dass die Apachen sich die Haare abschnitten, wenn ein Familienmitglied gestorben war, und anscheinend waren im vergangenen Jahr und in diesem Winter viele Menschen gestorben, denn keine der Frauen hatte auch nur annähernd so langes Haar wie ich.

Nach einiger Zeit setzten sich auch andere Frauen, die mit ihrer Arbeit fertig waren, zueinander und kämmten sich unter Geflüster und Gelächter die Haare. Gemächlich zog die alte Frau die Grasbürste durch mein Haar, das sich eingedreht durch die Haarnadeln leicht wellte. Immer wieder hörte ich sie murmeln:

„...*tú*...“

„Es ist wie Wasser.“

Ich wandte leicht den Kopf. *Ko ʔìgą̀* hatte sich unbemerkt an einer Hüttenwand neben uns niedergelassen und für mich übersetzt. Er nickte zu uns beiden hinüber, widmete sich dann aber seinem Gewehr, das er langsam zu zerlegen und mit einem Tuch trocken zu reiben begann.

Schließlich spürte ich, wie die alte Frau hinter mir mein Haar zu einem Zopf fasste, mit einem Lederband verknotete und in engen Windungen übereinanderlegte. Mit dem Lederband befestigte sie die Haarschlingen aufeinander und zog den Knoten fest. Dann drehte sie mich an den Schultern herum und betrachtete ihr Werk von der Seite. Sie schien zufrieden zu sein und lachte anerkennend. Auch die anderen Frauen blickten zu mir herüber und nickten lebhaft. Einige von ihnen hatten begonnen, die Kochfeuer höher zu schüren, und mir wurde bewusst, dass der Himmel sich verdunkelt hatte. Und jäh fiel mir ein, dass ich vor Einbruch der Nacht nicht wieder auf der Ranch sein würde.

Einen kurzen Moment lang wollte ich aufspringen, doch dann wurde mir klar, dass ich den Weg sicher nicht allein zurücklegen konnte, selbst wenn ich ihn finden würde. Denn ich würde Spuren hinterlassen, die die Soldaten zum Lagerplatz führen könnten. Und zu spät war ich ohnehin schon. Es war mit Sicherheit besser, wenn ich die Nacht über im Lager verbrachte. Doch dann überfiel mich große Unsicherheit, während ich mich umsah. Eine Nacht in einem Apachenlager verbringen? Ich konnte nicht formulieren, wovor ich zurückschreckte – es gab keine sichtbare, erkennbare Gefährdung für mich. Oder doch?

Langsam erhob ich mich und ging in der einbrechenden Dunkelheit durch das Dorf. Manche Menschen nickten mir freundlich zu, andere ignorierten mich. Die Kinder schauten mir scheu nach und folgten mir in großer Entfernung, als ich zu den wenigen Pferden am Bach schritt. Meine Stute war abgesattelt und abgehalftert worden und suchte sich friedlich Grasbüschel auf dem sandigen Talgrund, kam aber sogleich herbeigetrottet, als sie mich sah. Mein Zaumzeug, Sattel und meine Satteltaschen lagen am Rand des Weidegrunds, völlig unberührt. Jynny rieb ihren schweren Kopf an mir und ließ sich willig kraulen, und als ich mich davon überzeugt hatte, dass es ihr gut ging, nahm ich meine Habseligkeiten auf und ging ins Dorf zurück.

Dog Cañon Arroyo, New Mexico (©VE)

Die Dunkelheit war nun fast vollständig hereinge-
brochen. Die Mescalero hatten sich bereits um einige der Feuer niedergelassen, die größer vor den
kuughà brannten. Der Geruch von gebratenem
Fleisch und Maisfladen lag in der Luft, und auch andere mir unbekannte Gerüche. Mein Magen ver-
krampfte sich vor Hunger, da ich seit dem frühen
Morgen nichts mehr gegessen hatte. Scheu trat ich
näher und war mir unsicher, ob und wo ich mich
setzen sollte. Da winkte mich *Ko ʔìgạ*`s Schwester an
ein Feuer, an dem unter anderem sie selbst, das Tötende Feuer, und die alte Apachenfrau, die mir die
Haare gekämmt hatte, saßen.

Ich legte meinen Sattel an die Rückwand des Wickiups und nahm neben der jungen Frau Platz.
Während Stücke von Fleisch über dem Feuer brie-
ten, buk *Ko ʔìgạ*`s Schwester Maisfladen auf den
Steinen, die das Feuer umgrenzten. Nach und nach
reichte sie jedem einen Fladen und zerteilte das
Fleisch. Die Männer mussten einen Hirsch erlegt
haben, doch das Fleisch war mager und zäh. Ob-

wohl ich gewaltigen Hunger hatte, schnürte mir der Gedanke die Kehle zu, dass diese Menschen ihr weniges Essen mit mir teilten. Doch es abzulehnen, wäre sicherlich eine große Beleidigung gewesen, deshalb aß ich Fleisch und Brot langsam. Nach dem Essen trank ich von dem Wasser, das herumgereicht wurde, und während die Stimmen allmählich wieder lauter wurden – während des Essens hatte Schweigen geherrscht – zog ich meine Decke hinter meinem Sattel hervor, um sie mir umzulegen.

Kaum hatte ich das getan, fühlte ich eine kleine Hand an meiner Schulter, und als ich aufsah, stand das kleine Mädchen neben mir. Ohne ein Wort zu sagen, kletterte es auf meinen Schoß und kuschelte sich dort ein. Ich blickte erstaunt auf und sah *Ko Ɂìgą*`s Schwester lächeln. Leise sagte sie:

„*Keh*," und machte ein Zeichen für „still". Zuerst glaubte ich, sie ermahne mich, still zu sein, weil das Kind schlafen wollte, aber dann verstand ich, dass der Name des Kindes „still" bedeutete. Vielleicht hatte es diesen Namen erhalten, seit seine Mutter tot war; vielleicht war es seitdem verstummt.

Aus dem Stimmengewirr der um das Feuer sitzenden Menschen erklang plötzlich ein leiser Gesang, und ich sah, wie die alte Frau sich mit geschlossenen Augen leicht im Takt wiegte. Die Apachen am Feuer verstummten, und aus den Augenwinkeln bemerkte ich, wie ein paar Kinder langsam näher kamen. Die alte Frau öffnete ihre Augen und begann dann mit ruhiger Stimme zu sprechen. Einen kurzen Moment später wurde mir klar, dass sie eine Geschichte erzählte, und einige Zuhörer begannen zu kichern. Die Alte bewegte ihre Hände wie eine Schattenspielerin, ließ ihre Stimme mal leise, mal laut werden und machte bedeutungsvolle Pausen, um die Spannung der Zuhörer zu erhöhen. Ich bedauerte zutiefst, dass ich ihre Sprache nicht verstand, und versuchte, die Geschichte aus ihren Gesten zu erkennen.

„Coyote beschmutzt einen Stein."

Ko ʔìgą` hatte sich ein Stück entfernt neben mich gesetzt, ohne dass ich es gemerkt hatte, und mir diese Worte leise zugeflüstert. Aus den Händen der alten Frau formte sich der kleine listige Präriewolf, wie er über das Land huschte und aus lauter Übermut einen großen Stein beschmutzte. Ich sah den Stein zu Leben erwachen und hinter Coyote her rollen, und als der freche Wolf den Stein, der ihn in einem Loch eingesperrt hatte, wieder putzen musste, brachen die Menschen in Gelächter aus. Während noch weitere Geschichten erzählt wurden, von denen mir der Apache bisweilen kurze Übersetzungen zuflüsterte, merkte ich, dass ich unwillkürlich beide Arme um das auf meinem Schoß sitzende Kind gelegt hatte. Es folgte der Erzählerin mit großen Augen, und irgendwann spürte ich, dass es langsam gegen mich sank. Es war eingeschlafen.

Nach und nach gingen die Menschen in ihre Hütten. *Ko ʔìgą*`s Schwester half der alten Frau auf und führte sie in das *kuughà* hinter uns, während *Ko ʔìgą*` mit dem Gewehr in der Hand davon schritt. Sicher hielten die Krieger während der Nacht Wache, und plötzlich kam es mir seltsam vor, in einem Dorf zu übernachten, das von Apachenkriegern bewacht, und von amerikanischen Soldaten gesucht wurde. Ich saß noch ein wenig hilflos da, das schlafende Kind auf dem Schoß, das ich nicht wecken wollte. Da trat eine andere Frau herbei und hob mir ohne ein Lächeln das Mädchen aus den Armen. Sie schien das Kind bei sich aufgenommen zu haben, denn sie trug es hinüber zu einer anderen Hütte.

Erleichtert und ein wenig steif stand ich auf und sah mich um, wo ich mich niederlegen sollte. Da kehrte *Ko ʔìgą*` s Schwester zurück und winkte mich ebenfalls in das Wickiup. Sie bedeutete mir, dass ich an der hinteren Seite schlafen konnte, und so legte ich meinen Sattel und meine Decke ab. Gleich links neben der Türe sah ich die alte Frau liegen, neben ihr ein weiteres noch leeres Lager. Auf der anderen Seite des Türeingangs, etwas weiter nach hinten versetzt, war eine Bettstatt, neben der einige Waffen lagen. Dort musste *Ko ʔìgą̀* schlafen. Ich hatte schon ein paar Mal mit den Cowboys auf der Weide übernachtet und versuchte nun, meine aufkeimende Nervosität mit dem Gedanken daran zu beruhigen. Mit all meiner Kleidung legte ich mich nieder und schlug die Decke über mich. Ich sah durch den Eingang, wie *Ko ʔìgą̀*'s Schwester noch Sand auf das glimmende Feuer warf, damit die Glut bis zum Morgen erhalten blieb, dann trat sie ein, ließ eine Decke über das Türloch gleiten, und ich befand mich in fast völliger Dunkelheit.

Während ich auf die mir unbekannten Geräusche lauschte, versuchte ich mir vorzustellen, was für eine Aufregung auf der Ranch herrschen musste. Ich war noch nie ohne Vorankündigung über Nacht fortgeblieben, und bei der Vorstellung daran, wie meine Eltern sich ängstigen und Sorgen machen würden, überkamen mich Schuldgefühle. Andererseits fühlte ich mich so frei wie schon lange nicht mehr. Ich war nicht nur Tochter, sondern auch eine erwachsene Frau, zufällig ungebunden und von einer seltsamen Idee besessen. Und mit diesen Gedanken fiel ich tatsächlich rasch in einen leichten Schlaf.

Nach nur kurzer Zeit, so kam es mir vor, erwachte ich durch ungewohnte Geräusche. Ein Kind weinte, und der Laut kam langsam näher. Dazu hörte ich leises Gemurmel und sah, als ich die Augen öffnete, wie die Decke über der Eingangstüre hochgeschlagen wurde. *Ko ʔìgą̀*`s Schwester erhob sich leise von ihrem Lager, das nur ein Stückchen von meinen Decken entfernt war. Eine kleine Gestalt schlüpfte durch die Türe des Wickiups, verharrte einen Moment und kam dann zielstrebig auf mich zu. Es war *Keh*. Erstaunt blickte ich hoch, und ohne Zögern kroch das Mädchen zu mir unter die Decke. *Ko ʔìgą̀*`s Schwester lachte leise auf, schlug die Eingangsdecke wieder zu und legte sich nieder.

Reichlich verwirrt ließ ich mich zurücksinken. Ich war es überhaupt nicht mehr gewöhnt, mit einer anderen Person ein Bett zu teilen und befürchtete, das Kind zu erdrücken. Doch es schmiegte sich ganz selbstverständlich an mich und war fast sofort wieder eingeschlafen. Während ich versuchte, es mir so bequem wie möglich zu machen, musste ich zugeben, dass die Anwesenheit des Kindes auch seine angenehmen Seiten hatte. In der kurzen Zeit, die seit dem abendlichen Geschichtenerzählen vergangen war, war es empfindlich kühl geworden. Zu zweit war es unter der Decke deutlich wärmer, und mit dieser tröstlichen Aussicht versuchte ich, weiterzuschlafen.

Früh am Morgen wurde ich durch leisen Gesang vor der Hütte geweckt. Das Kind neben mir war eben erwacht und schlüpfte unter der Decke hervor. Es sah, dass ich die Augen offen hatte, und winkte mich, mitzukommen. Auch *Ko ʔìgą̀*`s Schwester erhob sich, und die alte Frau trat gerade aus der Türe. *Ko ʔìgą̀*` stand vor der Hütte, das Gesicht der aufgehenden Sonne zugewandt und sang leise, während er etwas in die Luft streute. Er blickte uns nicht an, als wir das Wickiup verließen.

Leichter Morgennebel lag in dem Tal, doch ein klarer Himmel darüber verhieß einen sonnigen Tag. Die Frauen führten mich durch das langsam erwachende Lager, aus dem der Morgengesang von vielen Seiten drang, zu dem kleinen Bach, stromaufwärts an der kleinen Pferdeherde vorbei und zu einer kleinen Ausbuchtung des Wasserlaufs, wo bereits andere Frauen waren. *Ko ʔìgą*`s Schwester nickte zu dem locker stehenden Gebüsche etwas von dem Bach entfernt, und ich schlüpfte erleichtert zwischen den Bewuchs, um mich zu erleichtern. Als ich zum Bach zurückkehrte, hatten die Frauen bereits begonnen, ihre Kleider abzulegen und ins Wasser zu waten. Auch das Mädchen, *Ko ʔìgą*`s Schwester und die alte Frau zogen sich aus und gingen in den Bach. Das Wasser musste eiskalt sein!

Unsicher sah ich mich um. Nie wäre ich auf die Idee gekommen, mit anderen Apachenfrauen zusammen zu baden, vollkommen nackt! Das Lager war nur wenige hundert Meter entfernt! Ich stellte mir das entsetzte Gesicht meiner Mutter vor oder das Gerede der anderen Frauen im Umkreis der Ranch. Als Kind hatte ich nur selten mit meiner Mutter und Maria an einem kleinen Bach gebadet, doch wir waren immer allein und mit langen Kleidern bekleidet gewesen. Die Apachenfrauen winkten mir und lachten, und ich war sicher, dass einige von ihnen auch spotteten. Ich ahnte, dass nicht alle Mescalero sich über meinen Besuch freuten.

Schließlich schöpfte ich tief Atem, streifte meine Schuhe und Strümpfe ab und begann, meine Kleidung aufzuknöpfen. Wenn die Frauen der Mescalero hier unbehelligt baden konnten, dann konnte ich es auch. Ich legte meine Kleider auf einen Felsen und trat in den Bach. Das Wasser war wirklich eiskalt, aber ich zwang mich, so weit wie möglich hineinzugehen. *Ko ʔìgą̀*`s Schwester nickte anerkennend und fuhr fort, sich mit Sand abzureiben und mit Wasser zu bespritzen. Auch die anderen Frauen gaben vor, sich zu waschen, beobachteten mich aber unter gesenkten Wimpern. Das kalte Wasser, das ich mir mit beiden Händen über den Körper schöpfte, brachte mich völlig zur Besinnung: nie würde ich meinen Eltern oder irgendjemand anderem auf der Ranch von diesen Erlebnissen erzählen können.

Nach kurzer Zeit streiften wir unsere Kleider wieder über und machten uns auf den Weg zurück ins Dorf. Später erfuhr ich von *Ko ʔìgą̀*`, dass es nie vorkam, dass ein Mann sich zum Badeplatz der Frauen schlich, da die Belästigung einer Frau bei den Mescalero generell sehr hart bestraft wurde. Die Frauen beim Baden zu beobachten, würde den Tod des Mannes nach sich ziehen. Er erklärte mir, dass Männer und Frauen am Morgen an getrennten Stellen des Baches badeten, die Männer immer vom Dorf stromabwärts. Deshalb kehrten sie an diesem Morgen etwa zur gleichen Zeit wie wir ins Lager zurück, aber aus der entgegengesetzten Richtung kommend. *Keh* hüpfte mit ihren Spielkameradinnen davon, und die Frauen begannen, die Kochfeuer zu schüren.

****

Es geschah so plötzlich, dass ich im Nachhinein nicht mehr weiß, was ich zuerst wahrnahm: die Stille, die Schüsse, die Schreie, das Beben des Bodens oder den Anblick der heranstürmenden Soldaten. Gerade stand ich noch vor dem Wickiup, in dem ich geschlafen hatte, und plötzlich hallte ein schmerzhaft lauter Gewehrschuss von den Steilwänden wider. Die alte Frau, die eben noch neben mir gestanden hatte, brach wie vom Blitz getroffen zusammen. In der nur Herzschläge andauernden Stille schien mir alle Luft aus den Lungen gesaugt zu werden, ich war unfähig, mich zu bewegen. Wieder heulte ein Schuss auf, ein seltsam summendes, hell schwirrendes und zugleich tief donnerndes Geräusch, das von den Felswänden zurückgeworfen wurde und sich dröhnend verstärkte.

Ich konnte nicht sagen, wo der Schuss traf, ich wusste nur, dass ich mich herumwarf und ohne zu zögern losrannte. Um mich herum herrschte wilder Aufruhr, die Krieger erwiderten das Feuer sofort, zahllose Menschen schrien vor Angst und Schmerz, und das Echo warf die Schüsse der Angreifer und der Verteidiger hundertfach zurück.

Da ich wahrgenommen hatte, woher der erste Schuss gekommen war, rannte ich in die entgegengesetzte Richtung, wieder zurück zu der Stelle, an der ich mit den Frauen gebadet hatte. Ein Krieger rannte an mir vorbei, sein Gewehr griffbereit, und nur Schritte hinter mir kniete er nieder, schoss und sprang wieder auf. Als ich kurz zurückblickte, sah ich Kinder und Frauen an alle Seiten des Tals fliehen, und gleichzeitig erkannte ich die ersten Soldaten, die auf Pferden in das Dorf stürmten. Und unvermittelt blieb ich stehen.

Auf der unbewachsenen Fläche zwischen zwei Wickiups stand eine kleine Gestalt, regungslos. *Keh* schien außerstande, sich zu bewegen, sie stand steif genau vor den heran preschenden Kavalleristen. Mit aller Kraft, zu der ich fähig war, brüllte ich über den Platz, das Kind solle laufen, sich retten, es würde zermalmt werden, doch es reagierte nicht. Ohne nachzudenken, lief ich los, den Reitern entgegen, und kurz, bevor die ersten Pferdehufe *Keh* erreicht hatten, warf ich mich von hinten auf sie, riss sie zu Boden und rollte unter dem ersten Pferd hindurch, das mich zusammengekrümmt mit Leichtigkeit übersprang. Auf der Seite liegend blickte ich hoch und sah noch weitere Pferde auf mich zustürmen, so schloss ich die Augen und hielt das Mädchen mit beiden Armen fest umklammert. Ein Pferdehuf traf mich im Sprung mit unglaublicher Wucht an der rechten Schulter, und wahrscheinlich schrie ich vor Schmerz laut auf, denn *Keh* bewegte sich in meinem Griff.

Nur Bruchteile von Sekunden später spürte ich, wie jemand hinter mir zu Boden stürzte und wandte den Kopf. *Ko ʔìgą̀* hatte sich hinter mir fallen lassen, richtete sich jetzt aber wieder auf, sein Gewehr im Anschlag. Hinter mir kniend feuerte er einen Schuss auf die reitenden Soldaten ab, und ein erstickter Aufschrei bewies den Treffer. Dann fasste mich der Apache am Arm und wollte mich hochziehen, und sein Griff an meiner brennenden Schulter ließ mich ihm bereitwillig folgen. *Keh* immer noch an mich gedrückt rannte ich hinter ihm her zu einem dichten Gebüsch am Rand des Tals, vorbei an getroffenen Mescalero und zertrampelten Hunden. Der Geruch von Blut, Schießpulver, Feuer und Schweiß lag stechend in der Luft, heller Staub schwebte über dem Tal wie Nebelwolken.

Als *Ko ʔìgạ̀* mich in das Gebüsch gezerrt hatte, stieß er mich und das Kind zu Boden und warf sich neben uns nieder, einen Arm über meinen Rücken gelegt. Nur Augenblicke später zerriss eine dröhnende Gewehrsalve die Luft, Zweige regneten auf uns herab, und von der nahen Felswand prasselten Sandsteinbrocken herunter. Der Mescalero schoss wieder in die Höhe, packte *Keh* und stieß sie einer Apachenfrau in die Arme, die sich ebenfalls hier verborgen hatte. Sie zog das Kind stumm hinter sich her und verschwand im Schatten eines Felsüberhangs. Dann fasste *Ko ʔìgạ̀* mich hart am Handgelenk.

„Schnell!" zischte er und wollte mich fortziehen, doch ich drehte meinen Arm in seinem Griff und erfasste nun sein Handgelenk ebenso fest. Einen kurzen Moment schien der Mann über meine energische Bewegung verwundert, dann rief ich durch das Donnern der Kugeln:

„Ich bin zu langsam, ich behindere euch alle! Bringt euch in Sicherheit, ich werde die Soldaten aufhalten!"

Ko ʔìgạ̀ sah mich kurz an, dann ließ er meinen Arm fahren und wollte aufspringen. Doch ich hielt ihn unverwandt am Handgelenk gefasst, und als er sich wieder mir zuwandte, sagte ich:

„Bleib am Leben."

Einen Herzschlag lang verhielt er, drückte meine Hand kurz und huschte dann im Gewirr der Sträucher und Felsblöcke davon.

Ich schöpfte tief Atem, richtete mich auf und löste mein Haar aus der Frisur, die mir die alte Frau gestern Nachmittag gemacht hatte – die alte Frau, die nun tot zwischen den Hütten lag – und schritt aus dem Gebüsch heraus. Der Pferdehuf hatte meine Kleidung an der Schulter aufgerissen, doch sonst war ich nur ein wenig staubig. Ich hoffte, dass mein helles Haar die Soldaten davon abhielt, auf mich zu schießen, doch sicher konnte ich nicht sein. Noch immer feuerten sie von den Rändern des Talkessels aus, einige berittene Männer zerrten die Hütten am Rand auseinander und legten Feuer an sie, und weitere Soldaten verfolgten bereits fliehende Mescalero.

„Nicht schießen!" schrie ich mit aller Macht und wollte beide Hände in die Luft werfen, doch mein rechter Arm war völlig gefühllos. Ein Schuss kam mir gefährlich nahe, und vor Schreck wich mir alles Blut aus dem Gesicht. Aber ich blieb stehen, winkte und rief wieder. Die reitenden Soldaten wurden zunächst auf mich aufmerksam, und einer von ihnen zog sein Pferd herum. Er ritt auf mich zu, und als er näherkam, erkannte ich ihn.

„Major Rolfe!" stieß ich erstaunt hervor, doch mein Erstaunen war wohl kaum mit seinem zu vergleichen.

„Mrs. Rawford – was tut Ihr hier in dem Lager? Ist Euch etwas geschehen – seid Ihr verletzt? Seid Ihr entführt worden...?"

Er brach ab, zu sprachlos, um mir weiter Fragen zu stellen. Auch seine Männer kamen nun heran, und während ich mir hektisch eine Erklärung für meine Anwesenheit im Mescalerolager überlegte, zählte ich die Sekunden. *Flieht*, dachte ich, *flieht und bleibt am Leben*.

„Wir bringen Euch zu Eurem Vater, Mrs., habt Ihr ein Pferd?"

Jynny! Wo war sie, war sie von einer verirrten Kugel getroffen worden? Der Schreck überflutete mich wie eine heiße Welle, und sofort pfiff ich nach ihr. Einige bange Sekunden vergingen, dann antworte mir ein bekanntes Wiehern. Meine Stute kam herangetänzelt, sichtlich nervös, und ich erkannte, dass sie unverletzt war. Ich beruhigte sie mit leisen

Worten und fühlte die Panik aus mir herausströmen wie einen Fluss.

Ohne mich um die erstaunt blickenden Soldaten zu kümmern, bückte ich mich durch den Eingang des *kuughà*, in dem ich letzte Nacht geschlafen hatte. Ich fühlte mich leer und völlig überfordert – was sollte ich jetzt tun? Einen Moment stand ich unentschlossen im Halbdunkel der Behausung und schöpfte Atem. Wie sollte ich erklären, weshalb ich in dem Dorf gewesen war? Wie konnte ich meinen Eltern nun gegenübertreten? Was war mit den Menschen hier geschehen? Wie viele hatten überlebt? Würde ich sie wiedersehen? Konnte ich dies überhaupt? Wieder holte ich ein paar Mal tief Luft, schmeckte Rauch und Pulverdampf und ein wenig Blut, dann hob ich meinen Sattel und meine Decke auf und verließ das Wickiup.

Major Rolfe ließ seine Soldaten sammeln und teilte sie in Gruppen ein. Eine größere Gruppe sollte zusammen mit den Scouts die Flüchtenden verfolgen, ein paar Soldaten sollten das Lager und die Umgebung nach Überlebenden absuchen, und Major Rolfe ließ es sich nicht nehmen, mich mit ein paar Männern persönlich zur Ranch meines Vaters zu bringen. Ich sattelte Jynny, etwas behindert durch den verletzten Arm, dann saß ich auf und sah gerade noch, wie die letzten Wickiups mit den darin verbliebenen Habseligkeiten in Flammen aufgingen.

****

Wir legten den Ritt weitestgehend schweigend zurück. Major Rolfe hatte zu Beginn ein paar Mal versucht, dem Geheimnis meiner Anwesenheit im Mescalerodorf auf die Spur zu kommen, doch als ich nur ausweichende Auskünfte gab und am Ende gar nicht mehr antwortete, schien er offenbar zu dem Schluss zu kommen, dass mir zu Grauenhaftes widerfahren war, als dass ich darüber sprechen wollte.

Und in gewisser Weise hatte er recht. Tief in Gedanken versunken ritt ich zwischen den Soldaten zurück. Jede Bewegung meiner Stute schickte Wellen von Schmerzen durch meine Schulter, die ich über mich hinweg fluten ließ, ohne mich dagegen zu wehren. Meine Hände, die Jynnys Zügel hielten, zitterten fast den ganzen Weg, und meine Wahrnehmung löste sich nur allmählich aus einem schockähnlichen Zustand. Nur kurz kam mir der Gedanke, dass ich ja genauso gut bei der ersten

Salve hätte getötet werden können – die alte Frau hatte nur einen Schritt von mir entfernt gestanden.

Dann aber wurde mir wieder dieser kurze Moment der Stille bewusst, der Augenblick vor dem ersten Schuss, und der Augenblick nach dem ersten Schuss. Was mich verstörte, war nicht so sehr das, was ich gesehen hatte, denn von dem Zeitpunkt an, da ich losgelaufen war, *Keh* vor den Pferdehufen gerettet und mich mit *Ko ʔìgą̀* im Gebüsch verborgen hatte, hatte ich praktisch nichts mehr um mich herum wahrgenommen. Das, was ich *nicht* gesehen hatte, das rieb an mir wie Sand an einer Wunde, und wenn ich die Augen schloss, sah ich die brennenden Wickiups, die verstreuten Toten im Dorf, die fliehenden Menschen. Wie viele waren tot? Wie viele lagen verwundet irgendwo dort draußen zwischen den Felsen? Wie viele Kinder irrten allein durch das Tal? Was taten die Soldaten, wenn sie Flüchtige fanden? Hatte meine Ungeschicktheit die Soldaten zu dem Lager geführt?

Als wir uns allmählich dem Gebiet der Ranch näherten, wurden diese Gedanken langsam von einer aufsteigenden Panik überdeckt. Was sollte ich erzählen? Sollte ich lügen und eine Entführungsgeschichte erfinden? Keiner würde es merken, keiner

– so hoffte ich – hatte mein Treffen mit *Ko ʔìgą̀* am gestrigen Morgen beobachtet. Keiner würde der Aussage von Apachen Glauben schenken, sollte man sie zur Rede stellen.

Doch das konnte ich nicht tun. Ich konnte diese Menschen nicht verleugnen. Sie waren mir nicht feindselig gegenübergetreten, obwohl sie den „Weißaugen", wie sie die Amerikaner nannten, misstrauten. Wenn ich den Mut gehabt hatte, zu den Mescalero zu gehen, dann musste ich jetzt auch den Mut haben, diese Entscheidung zuzugeben. Vielleicht konnte ich allerdings eine kleine Frist gewinnen, indem ich die Verletzung und Müdigkeit als Vorwand benutzte, um zu schlafen und wieder einen klaren Kopf zu bekommen. Dann aber würde ich mich erklären müssen.

Schlafzimmer eines Ranchhauses um 1880, National
Ranching Heritage Center, Texas (©VE)

8. DER ANTRAG

Als die Ranch in Sicht kam, sah ich, dass sich viele Leute vor dem Haupthaus versammelt hatten. Während der Tross Soldaten langsam näher ritt, lösten sich drei Gestalten aus der Gruppe und traten vor. Ich erkannte Maria, meine Mutter und meinen Vater. Ich hatte bemerkt, dass Major Rolfe mir während des gesamten Rittes immer wieder verstohlene Blicke zugeworfen hatte. Nun ritt er voraus, um meine Eltern davon zu benachrichtigen, dass und wo er mich gefunden hatte. Mein Vater sprach mit ihm, während meine Mutter und Maria zu mir eilten. Mit erneut zitternden Händen stieg ich ab. Plötzlich fühlte ich mich steif, schmutzig und sandig, und fast wollte ich mich widersetzen, als meine Mutter mich an sich zog. Sie weinte und schluchzte, während sie mich an sich drückte, und ich versuchte vorsichtig, mich aus ihrem Griff zu befreien.

Schließlich ließ sie mich los, hielt mich auf Armeslänge von sich und erklärte mir unter Tränen, welche Sorgen sie sich gemacht hätte, und wollte wissen, was mir denn geschehen sei. Maria entdeckte nun meine an der Schulter aufgerissene Bluse und den Bluterguss auf der Haut darunter, sie deutete darauf und wollte mich ins Haus ziehen. Maria hatte ohne Worte verstanden, dass ich noch nicht zu reden bereit war, und praktisch veranlagt, wie sie war, nahm sie an, dass ich mich erst waschen, dann essen und schlafen musste. Ich spürte, dass meine Mutter eigentlich Antworten hören wollte, doch ich fühlte mich so müde und staubig, dass ich nur noch sehnsüchtig an ein heißes Bad dachte.

Maria fasste mich am linken Arm und führte mich zur Ranch, wobei meine Mutter uns folgte. Während meine Mutter in der Stube um uns herumflatterte wie ein verletzter Vogel, erhitzte Maria Wasser und schob die große Kupferwanne in mein Zimmer, sie suchte weiche Tücher, frische Kleider und Verbandszeug heraus, und legte Gemüse und Brot zurecht, um mir ein Essen zu kochen. Ich saß auf der langen Bank an unserem Holztisch, meine Mutter neben mir streichelte unablässig mein Haar, und ich fühlte mich dieser Welt so fern, als ob ich Monate fort gewesen war, und nicht nur einen Tag.

Dann öffnete sich die Türe zur Küche, und mein Vater trat ein. Er war totenblass und sagte zu meiner Mutter, ohne mich anzusehen:

„Eve wurde in einem Apachenlager gefunden! Major Rolfe hat sie im Dorf der flüchtenden Mescalero entdeckt!"

Meine Mutter schrie vor Schreck auf und klammerte sich wieder an mich, während Maria nur kurz hochsah, um von mir ein kleines Nicken zu erhalten. Dann erst blickte mein Vater zu mir und fragte:

„Was ist geschehen, mein Kind? Was haben sie Dir angetan?"

Ich wollte antworten, doch aus meiner trockenen Kehle kam kein Laut. Es war, als ob ich durch den nachhallenden Schreck die Sprache verloren hätte. Mühsam räusperte ich mich und versuchte es noch einmal:

„Nichts – es ist mir nichts geschehen." erwiderte ich leise. Dabei senkte ich den Blick nicht und fühlte mein Herz heftig gegen meine Rippen trommeln. Meine Eltern schienen zu warten, ob ich noch mehr erklären würde, aber ich schwieg und warf Maria einen hilfesuchenden Blick zu.

„Señora, Señor, ich glaube, es ist besser, wenn ihre Tochter erst einmal wieder zu Kräften kommt.

Ich glaube, wenn sie gegessen und geschlafen hat, wird es ihr leichter fallen, zu erzählen." sagte sie mit ungewöhnlich fester Stimme. Mein Vater musterte mich ein paar Augenblicke und nickte schließlich. Er drehte sich schwer um und verließ den Raum. Meine Mutter blieb unentschlossen am Tisch sitzen.

Es war Maria, die mir in meinem Zimmer aus den staubigen Kleidern und in das warme Badewasser half. Kaum, dass ich mich in dieser sauberen Wärme befand, löste sich alle Anspannung von mir, und ich begann zu schluchzen wie ein kleines Kind. Maria setzte sich auf einen Stuhl neben die Badewanne, legte mir den Arm um die Schultern und zog mich leicht an sich. Dabei flüsterte sie tröstende Worte wie bei einem nervösen kleinen Tier. Sie fragte nichts, sie hörte mir nur wortlos zu, als ich von Weinkrämpfen geschüttelt vom Angriff der Soldaten auf das Dorf erzählte. Und so verstand sie bald, dass mich nicht der Aufenthalt in diesem Dorf so verstörte, sondern dieser blutige Zwischenfall.

Nach einer Weile beruhigte ich mich und versuchte langsam, die Geschichte der Reihe nach zu erzählen. Schließlich blickte ich zu ihr hoch und sagte leise:

„Verstehst du, Maria, ich wurde nicht entführt. Man hat mich eingeladen. Ich hätte jederzeit gehen können."

Maria erhob sich langsam, holte einen weichen Schwamm und Seife und reichte mir beides. Dann setzte sie sich wieder neben mich und antwortete:

„Eve, ich weiß, dass die Apachen nicht jeden Weißen grundsätzlich feindselig behandeln, aber was du erzählst, klingt einfach zu unwahrscheinlich. Weshalb sollte man dich in ein Lager von flüchtigen Apachen einladen? Die Mescalero werden von den Soldaten gejagt. Wer käme auf die Idee, eine weiße Frau zu sich zu holen? Es war doch klar, dass man dich suchen würde!"

Ich schwieg verwirrt. Wie hätte ich erklären können, dass ich die Nähe dieser Menschen schon so lange suchte? Dass ich sie seit Monaten mit Nahrung und Decken versorgte? Dass ich *Ko ʔìgą̀* heimlich aus der Hand der Soldaten befreit hatte? Dass er im Herbst verhindert hatte, dass man mich tötete oder beraubte? Dass ich schwieg und log, um diese Menschen zu beschützen, die doch so verhasst waren?

Maria sah, dass ich nach Worten rang, und sie schüttelte leicht den Kopf.

„Mädchen, du brauchst keine Angst zu haben, ich weiß, wie Apachen ihre Gefangenen behandeln. Sag mir, was dir passiert ist."

Heftiger als beabsichtigt rief ich aus:

„Nichts! Es ist mir nichts passiert! Kein Mann hat mich berührt..." ...und kurz zuckte in meinem Kopf die Erinnerung an *Ko ʔìgą̀* auf, als er *Keh* und mich in dem Gebüsch zu Boden gerissen hatte, spürte den Druck seines Arms auf meinem Rücken.

„...ich wurde nicht geschlagen oder gefesselt! Ich war als Gast in diesem Dorf!"

Maria seufzte und bedeutete mir, mich zu waschen.

„Deine Eltern werden sicher eine Erklärung von dir erwarten, spätestens heute Abend."

„Aber ich sage die Wahrheit!" erwiderte ich verzweifelt. Ich griff zu Schwamm und Seife und begann, mich einzureiben, aber in meinem Kopf wirbelte alles durcheinander. Sollte ich eine Lüge erfinden, weil man mir die Wahrheit nicht glaubte?

Nachdem ich mir Körper und Haare gewaschen hatte, wickelte Maria mich in eine leichte Decke ein, wobei sie die rechte Schulter frei ließ. Mit kräftigen Bewegungen massierte sie meine Verletzung, die sich in den letzten Stunden blau verfärbt hatte, mit einem mexikanischen Kräuteröl, und ich ließ die Schmerzen ohne Widerstand durch mich hindurch strömen. Was war schon eine geprellte Schulter gegen die Schmerzen und Verluste, die die Mescalero hatten hinnehmen müssen?

Danach schob mich Maria zu meinem Bett, das frisch bezogen duftete. Ich schlüpfte in ein sauberes Nachthemd, legte mich nieder und sah dem Wind zu, wie er die hellen Vorhänge an meinem Fenster bewegte. Nur wenige Zeit später kehrte Maria mit einem reichhaltigen Eintopf und Brot zurück, stellte einen Krug mit Wasser, den Teller und Brot auf ein Tischchen neben meinem Bett, schloss leise die Holzläden und ging zurück in die Küche.

Ich spürte tatsächlich Hunger und begann im Halbdunkel langsam, den Teller zu leeren. Mein Körper war erschöpft, aber meine Gedanken rasten immer noch. Mechanisch wischte ich die Schale mit dem letzten Stück Brot aus, trank das Wasser in tiefen Zügen und ließ mich dann in die Kissen meines Bettes sinken. Was konnte ich nur tun? Was immer ich auch überlegte, es blieb mir nichts anderes übrig, als bei der Wahrheit zu bleiben. Jede andere Geschichte würde über kurz oder lang als Lüge entdeckt werden, und ich war nicht bereit, diesen unsicheren Weg zu beschreiten. Und mit diesem Gedanken versank ich in einen unruhigen Schlaf.

****

Als ich aufwachte, senkte sich die Sonne bereits. Ich fühlte mich müde und zerschlagen, da ich es nicht gewohnt war, tagsüber zu schlafen. Eine Weile lag ich noch reglos im Bett und wartete, bis die Ereignisse der letzten Tage mich wie eine langsame, stetige Welle überschwemmten. Die Anspannung breitete sich wie Säure in jeder winzigen Verästelung meines Körpers aus, bis es mir unmöglich war, noch länger liegen zu bleiben. Ich erhob mich und kleidete mich an.

Als ich in die Küche trat, sah ich Maria am Herd stehen, wohingegen meine Mutter in der kleinen Speisekammer nebenan nach Gewürzen suchte. Maria lächelte mir entgegen und fragte:

„Geht es Dir besser?"

Meine Mutter kam aus der Speisekammer, stellte ein kleines Gefäß mit gemahlenem geräuchertem Chili zu dem großen Stück Rindfleisch neben den Herd und zog mich zu sich auf die Bank. Ich konnte Marias Frage nicht aufrichtig beantworten, ich wusste nicht, ob ich mich besser fühlte als vorher. Undeutliche Träume hatten sich durch meinen

Schlaf geflochten, ich hatte Szenen aus dem Lager gesehen, hatte ständig und dumpf die Schmerzen in meiner Schulter gespürt, und zu einer Lösung war ich auch nicht gekommen. So lächelte ich nur und schwieg.

Meine Mutter erhob sich wieder und sagte:

„Major Rolfe wird heute zum Abendessen bleiben, wir schulden ihm viel."

Offenbar hatte sie erwartet, dass ich voller Begeisterung zustimmen würde, aber ein würgendes Gefühl stieg mir die Kehle hoch. Major Rolfe hatte den Angriff auf das Dorf befehligt. Würde ich ihm gegenübersitzen können? Würde ich höfliche Konversation mit ihm betreiben können?

Meine Mutter bestand darauf, dass ich mir ein hübscheres Kleid anzog, und als ich mit hochgesteckten Haaren, dezentem Schmuck und einen dünnen Seidenschal in unser Esszimmer trat, schien sie sehr zufrieden zu sein. Sie selbst genoss es aus vollen Zügen, Gäste zu haben und war an diesem Abend eine fröhliche, unbekümmerte Frau.

Meine Eltern, Major Rolfe und ich aßen zusammen mit Rolfes Leutnant, einem dünnen, linkischen, strohblonden Mann, und unserem Vorarbeiter Francis. Ich bemerkte, dass Rolfe mich kaum aus den Augen ließ und sich sehr bemühte, mir gegenüber höflich und rücksichtsvoll zu sein. Vage ahnte ich, dass ich einen Verehrer hatte, doch dieser Gedanke war mir im Augenblick so fern, dass er in meinem Kopf vorüberglitt wie dünner Morgennebel.

Nach dem Essen zogen sich die Männer und meine Mutter in den Salon zurück und ich half Maria in der Küche. Während des Essens war kein Wort über das Geschehen der letzten zwei Tage gefallen, und ich hoffte schon, dass ich die Nacht als eine weitere Gnadenfrist bekommen würde. Doch es sollte ganz anders kommen.

Maria und ich waren gerade in der Küche fertig, als meine Mutter den Kopf hereinstreckte und fröhlich zu mir sagte:

„Eve, komm doch bitte ins Arbeitszimmer, wir möchten dich sprechen."

Ich warf Maria einen scheuen Blick zu, doch ich konnte anhand der glücklichen Miene meiner Mutter nicht glauben, dass sie mich über meinen Aufenthalt im Apachenlager ausfragen wollten. So stellte ich den letzten Teller ab, strich mein Kleid glatt, legte den Seidenschal um meine Schultern und folgte meiner Mutter in Vaters Arbeitszimmer, das sich neben dem Salon befand.

Dort standen mein Vater und Major Rolfe – Francis und der Leutnant hatten sich offenbar verabschiedet – vor Vaters Schreibtisch. Major Rolfe sah nervös aus und drehte unsicher seinen Hut in den Händen. Mein Vater aber strahlte und kam mit ausgebreiteten Armen auf mich zu.

„Komm herein, Eve, Major Rolfe hat dir etwas zu sagen!"

Er nahm mich vorsichtig bei den Schultern und schob mich vor Rolfe, der leicht rot anlief, dann tief Atem schöpfte und schließlich langsam und stockend sagte:

„Mrs. Rawford, ich habe Euch in den letzten Wochen sehr liebgewonnen. Ich hoffe sehr, dass Ihr meine Gefühle erwidert und möchte Euch deshalb bitten, mich zu heiraten."

Eine Schockwelle überrollte mich, und das Blut rauschte in meinen Ohren. Rolfe wollte noch etwas hinzufügen, und ich sah, wie er mit Worten kämpfte. Dabei blickte er mir direkt in die Augen, und ich wusste, dass er es sehr ernst meinte.

Meine erste Reaktion war Panik. *Nein*, dachte ich, *nein, das kann ich nicht! Ich kann nicht heiraten, ich kann diesen Mann nicht heiraten*! Hilfesuchend sah ich mich zu meinen Eltern um, die Arm in Arm hinter mir standen und so glücklich aussahen wie schon lange nicht mehr. Jedes Widerwort blieb mir in der Kehle stecken, und ich rang mit einer Antwort, die mich nicht verriet und dennoch höflich war.

„Ich danke Euch sehr, Major Rolfe, ich fühle mich durch Euren Antrag sehr geehrt. Ich...“

Ich brach ab, versuchte mich zu sammeln.

„Ich bitte Euch um etwas Bedenkzeit, ich muss mir über Vieles klar werden.“

Wieder sah ich zu meinen Eltern, die durch meine Worte leicht verunsichert wirkten. Mein Vater aber nickte schließlich.

„Natürlich, Eve, ich verstehe, dass du heute Abend keine Entscheidung treffen willst. Möchtest du vielleicht zu Bett gehen?“

Ich stimmte dankbar zu und verließ in Begleitung meiner Mutter das Zimmer. Den ganzen Weg zu meinem Zimmer und während sie mir aus dem Kleid half, sprach meine Mutter voller Begeisterung von den Vorzügen des Majors. Ich war nicht imstande, ihr zu antworten; sei es, um ihr zu widersprechen oder sei es, um ihr zuzustimmen. Ich fühlte mich wie in einer Fallgrube gefangen, in der ich nur von einem Ende zum anderen laufen konnte, ohne einen Ausweg zu sehen.

Als meine Mutter mich schließlich allein ließ, war ich wie betäubt. Natürlich war mir klar, dass so etwas irgendwann hätte geschehen müssen. Ich war eine alleinstehende Frau, und die Pflicht jeder Frau war es, eine Familie zu gründen. Meine Eltern, und auch ihre Eltern und Geschwister waren diesen Weg gegangen, und es gab keinen vernünftigen Grund, weshalb ich ihn nicht auch beschreiten sollte. Major Rolfe war ein ehrenhafter Mann, und mir war bewusst, dass ihn meine „Rettung" aus dem Apachenlager in den Augen meiner Eltern zum idealen Ehemann für mich machte. Und was konnte ich dagegenhalten? Dass ich überhaupt nicht daran gedacht hatte, wieder zu heiraten? Dass das Schicksal der Apachen mich in den letzten Monaten so gefesselt hatte, dass ich mir über meine Zukunft völlig im Unklaren war? Ich hatte keinen Plan für mein Leben, ich wusste einzig und allein, was ich *nicht* wollte.

Und ohne, dass ich es wollte, tauchte *Ko ʔìgą̀*'s Gesicht vor meinem geistigen Auge auf, in diesen letzten Sekunden, bevor er seine Hand aus meinem

Griff gewunden hatte und verschwunden war. *Bleib am Leben.* Wozu? Weshalb sollte es mich kümmern, ob der Mescalero am Leben blieb, wenn ich mich doch mit einem Leben als Soldatenfrau abfinden musste? An der Seite eines Mannes, dessen Aufgabe es war, die Apachen zu jagen, zu fangen oder zu töten. Und schließlich, wenn seine Aufgabe hier erledigt war, mit ihm in ein weiteres, staubiges Fort irgendwo im Grenzgebiet umzuziehen? Dann, kurz bevor ich einschlief, kam mir ein letzter, tröstender Gedanke. Vielleicht war es mir an der Seite eines Militärs möglich, auf das Schicksal der Apachen Einfluss zu nehmen? Vielleicht konnte ich so etwas erreichen? Vielleicht.

In der Umgebung von Fort Stanton, New Mexico (©VE)

9. GEFANGEN

Major Rolfe hatte sich am Abend bald darauf verabschiedet, und ich war froh darum. Ich war schon in den frühen Morgenstunden erwacht und hatte mich dennoch nicht entschließen können, mein Bett zu verlassen. Meine Schulter pochte immer noch schmerzhaft. Jede Begegnung mit Maria oder meinen Eltern musste außerdem zu Aussprachen über meinen Aufenthalt im Apachendorf oder über die mögliche Heirat führen, und beides war gleichermaßen unangenehm. Und doch konnte ich nicht den ganzen Tag im Bett verbringen; es entsprach einfach nicht meiner Art, mich vor Widrigkeiten zu verstecken. So erhob ich mich schließlich, kleidete mich an und trat zu Maria in die Küche.

Man ließ mich in aller Ruhe frühstücken, dann rief mich mein Vater erneut in sein Arbeitszimmer. Meine Mutter saß bereits auf dem guten Sofa, sie sah mich lächelnd, aber unsicher an und bedeutete mir, mich neben sie zu setzen. Vorsichtig ließ ich mich nieder und fühlte mich ungewohnt unbehaglich. Mein Vater trat hinter seinem Schreibtisch hervor, beide Arme auf dem Rücken verschränkt.

„Nun, Eve, wir hoffen, dass du dich so weit erholt hast, um uns zu sagen, was vorgestern eigentlich vorgefallen ist. Du bist hier am Morgen fortgeritten, ohne jemanden zu sagen, wohin du gehst, und bist über Nacht fortgeblieben. Was ist geschehen?"

Ich schöpfte tief Atem und blickte meine Eltern abwechselnd an. Das hier war schwieriger als es Maria zu erzählen. Und sie hatte mir schon nicht geglaubt. Aber ich konnte und wollte nicht lügen.

„Ich habe einen der Apachen auf meinem Ausritt getroffen." sagte ich einleitend und um das Wesentliche gleich zu Anfang klarzustellen. Meine Mutter sah mich mit offenem Mund an, und die Augen meines Vaters verengten sich.

„Er hat mich in das Lager eingeladen. Dort habe ich die Zeit vergessen. Ich sage die Wahrheit," beeilte ich mich zu sagen, „ich verbrachte den Nachmittag, den Abend und die Nacht in dem Lager, bis..."

Ich schluckte hart.

„...bis die Soldaten kamen. Keiner der Apachen hat mich unhöflich behandelt, sie haben ihr Essen mit mir geteilt und mich in einer ihrer Hütten schlafen lassen."

Ich schwieg und dachte an die alte Frau, die mein Haar gekämmt und abends Geschichten erzählt hatte, und die jetzt tot irgendwo in diesem Tal lag, ich dachte an *Keh*, die auf meinem Schoß eingeschlafen, zu mir unter die Decken geschlüpft und am Morgen fast von den Pferdehufen zermalmt worden war, und ich dachte an *Ko ʔìgą̀*, der mich zum Lager geführt, mir die abendlichen Geschichten übersetzt und mich schließlich mit *Keh* aus der Reichweite der Kugeln gerettet hatte. Ich dachte an das zähe Fleisch am Abend und an das Bad am Morgen, und unwillkürlich schüttelte ich den Kopf. In den letzten Monaten war so viel Unaussprechliches geschehen, dass diese vergangenen zwei Tage nur ein Teil davon waren. Wie sollte ich erklären, woher die Apachen gewusst hatten, dass sie mir trauen konnten? Dass ich ihnen hatte trauen können?

Während mir diese Gedanken durch den Kopf schossen, versuchten meine Eltern zu begreifen, was ich gesagt hatte.

„Du willst uns also erklären, dass du einen Besuch in einem feindlichen Lager gemacht hast? In einem Lager, deren Bewohner von den hier lebenden Menschen das Vieh stehlen und morden, und die vor der Armee auf der Flucht sind? Du behauptest, du seiest als Gast dort gewesen, ohne feindselig behandelt worden zu sein? Du warst schmutzig und verletzt, als du hier ankamst!"

Die Stimme meines Vaters war lauter und auch ein wenig drohend geworden, und er nickte zu meiner Schulter hin.

„Ich wurde von den angreifenden Soldaten fast niedergeritten," protestierte ich und bemerkte zunächst gar nicht, dass ich auf die Füße gesprungen war.

„Ich konnte mich nur noch zu Boden werfen, als sie in das Lager stürmten und alles niederschossen, was sich bewegte."

Und um meinem Ärger weiter Luft zu machen, fügte ich hinzu:

„Es hätte nicht viel gefehlt, und die erste Kugel hätte mich getroffen."

Meine Eltern schwiegen. Es war unmöglich zu sagen, was sie von der Geschichte hielten, aber dass sie mir nicht glaubten, was offensichtlich. Das Schweigen lastete schwer auf mir, und es dauerte lange. Ich blickte zu meiner Mutter, die sich zurückgelehnt hatte und mit den Tränen kämpfte. Verwirrt und wütend fragte ich mich, weshalb sie weinte, wenn ich doch versuchte, ihnen die Wahrheit zu erzählen. Dass mein Vater den Apachen plötzlich so feindselig gegenüberstand, verblüffte mich zusätzlich.

Mein Vater trat wieder hinter seinen Schreibtisch und setzte sich.

„Eve, ich finde es ungeheuerlich, dass du uns anlügst. Aber das zeigt mir, dass ich dir, wie deine Mutter immer häufiger bemerkt hat, zu viele Freiheiten gelassen habe. Es wird Zeit, dass du deinen Platz in der Gesellschaft wieder einnimmst. Du wirst Major Rolfes Antrag annehmen und dich in wenigen Tagen mit ihm verloben."

Ich öffnete den Mund vor Entsetzten.

„Ich kann Major Rolfe nicht heiraten! Er bedeutet mir nichts. Er hat Dutzende Apachen töten lassen! Ich kann nicht!"

Diese Worte hatte ich hervorgestoßen, ohne recht darüber nachzudenken. Augenblicklich sprang mein Vater auf und brüllte:

„Du hast in dieser Angelegenheit nichts zu sagen! Major Rolfe ist ein ehrenwerter Mann, und er möchte dich heiraten, obwohl er dich in diesem dreckigen Dorf gefunden hat, wo diese Wilden dir weiß Gott was angetan haben könnten! Ich mache meine Familie nicht zum Gespött der Leute mit einer unverheirateten Tochter in deinem Alter, die sich mehr um Mordbrenner kümmert als um ihre wahren Aufgaben!"

Ich fühlte eine unbeschreibliche Wut in mir hoch kochen, die ich nur mühsam niederzwingen konnte. Aber ich konnte meinen Vater nicht anschreien, das konnte ich einfach nicht.

„Ich bin nicht unverheiratet, sondern verwitwet, und als Lehrerin habe ich durchaus eine wertvolle Aufgabe..." begann ich beherrscht, doch mein Vater schnitt mir das Wort ab.

„Genug, Eve, die Diskussion ist beendet. In zwei Tagen findet ein Offiziersball statt, zu dem Major Rolfe dich eingeladen hat, und er wird an diesem Tag eure Verbindung öffentlich machen. Du wirst dich in den nächsten Tagen nicht von der Ranch entfernen, sondern dich um deine Aussteuer kümmern und deine Sachen packen. Nach der Hochzeit wirst du zu Major Rolfe ins Fort ziehen."

Ich hörte meine Mutter nun leise schluchzen, aber ich konnte nicht sagen, ob es wegen meiner angeblichen Lügen oder meines bevorstehenden Auszugs war. Ich erhob mich steif und geschockt und verließ ohne ein weiteres Wort das Zimmer.

****

In den nächsten zwei Tagen konnte ich keinen klaren Gedanken fassen. Meine Eltern hatten über mein Leben bestimmt, ohne dass ich ein Mitspracherecht eingeräumt bekommen hatte, was bisher nie der Fall gewesen war. Und diese Veränderung in meinem Leben würde mich hart treffen, das war mir bewusst. Als Major Rolfes Frau würde ich im Fort leben, und ich würde unter Umständen mit ihm fortziehen müssen, wenn er versetzt werden würde. Ich würde seine Kinder großziehen. Kinder?

Eher halbherzig und so, als könne ich mein Schicksal nicht fassen, begann ich mit Marias Hilfe, meine Dinge zu packen: Kleider, ein wenig Schmuck, einige Bücher, ein paar persönliche Habseligkeiten. Ich sprach wenig. Es war, als ob eine Eisenklammer mein Herz umschlossen hatte, die es mir unmöglich machte, auch nur tief Luft zu schöpfen. Wenn ich mit meinen Eltern beim Essen saß oder mich sonst in ihrer Gesellschaft aufhielt, war ich noch schweigsamer und antwortete nur, wenn ich direkt gefragt wurde. Da auch mein Vater immer noch in schlechter Stimmung war, und meine

Mutter stumm vor sich hinlitt, lastete die Stille drückend auf dem Haus, und selbst unsere Cowboys und mexikanischen Hilfsarbeiter spürten die Veränderung.

Am Tag des Offiziersballs versuchte meine Mutter, mich mit gekünstelt fröhlicher Stimmung auf das abendliche Ereignis vorzubereiten. Sie half mir beim Ankleiden und gab mir unentwegt gute Ratschläge für mein Verhalten. Meine Eltern würden selbst auch zu dem Ball fahren, allerdings deutlich später als ich, und Vater würde auch früher wieder zurückkehren. Mutter und ich würden die Nacht bei einer befreundeten Familie im Fort verbringen und am Morgen in dem kleinen Store einkaufen. Chess sollte uns am Morgen mit dem Einspänner zurückbringen. Major Rolfe wollte mich mit einem Wagen von der Ranch abholen und zum Ball mitnehmen.

Mir war bewusst, dass er den Weg bis zum Fort nutzen würde, um mit mir zu sprechen, und ich konnte nicht sagen, wovor mir mehr graute: vor dem Ball oder vor dem Weg dorthin. Als ich schließlich bei Einbruch der Dunkelheit den Wagen des Majors vorfahren hörte, wurde mir plötzlich so übel, als ob ich zu meiner eigenen Hinrichtung fahren sollte. Ich bezwang meine aufsteigende Panik und trat, in einen warmen Mantel gehüllt, auf die Veranda.

Rolfe war in seiner Paradeuniform eine durchwegs sympathische Erscheinung, und als er mich freundlich anlächelte, fühlte ich, wie sich meine Starre ein wenig löste, und es gelang mir tatsächlich, zurückzulächeln. Ich fragte mich allerdings, ob er wusste, dass meine Eltern mich zu der Hochzeit mit ihm zwangen, und war mir unsicher, ob ich es erwähnen sollte. Er half mir auf den Wagen, und nachdem meine Eltern mir versichert hatten, dass sie gleich nachkommen würden, fuhren wir ab.

Im Westen versank blutrot die Sonne, und einen Moment war ich völlig von dem Farbenspiel des Himmels eingenommen. Wenn ich doch einfach nur hier sitzen bleiben und den aufziehenden Sternen zusehen dürfte.

„Ich hoffe, ihr habt euch ein wenig von den Strapazen der vergangenen Tage erholt, Mrs. Rawford," eröffnete Rolfe nun leise die Unterhaltung. Für einen kurzen Moment schloss ich die Augen, holte tief Luft und antwortete:

„Ja, danke, es geht mir besser."

Dies war zwar nur die halbe Wahrheit, aber ich wollte das Gespräch nicht mit einem neuerlichen Streit beginnen.

„Es tut mir leid, wenn ich euch mit meiner Frage überrumpelt haben sollte. Aber seit ich das erste Mal bei euren Eltern eingeladen war...“

Er brach ab.

„Ich fühle mich wirklich geehrt, Major Rolfe,“ wandte ich ein, konnte aber nichts anderes sagen. Rolfe fragte leise:

„Trauert ihr noch um euren verstorbenen Mann?“

„Nein,“ erwiderte ich sofort und voller Überzeugung, „diese Zeit ist schon so lange vorbei.“

Rolfe schwieg eine Weile, dann meinte er:

„Eure Eltern versicherten mir, dass euch in dem Apachenlager nichts Böses widerfahren ist?“

Ich fühlte prickelnde Erregung in mir aufsteigen. Wie konnte ich diesem Soldaten erklären, was in dem Dorf geschehen war? Plötzlich fühlte ich auch Wut, und heftiger, als ich es beabsichtigt hatte, stieß ich hervor:

„Nein, Major Rolfe, man behandelte mich sehr zuvorkommend. Wie ich bereits meinen Eltern mitteilte, war ich als Gast dort.“

Rolfe wandte den Kopf zu mir, in seinem Blick lag Unglauben.

„Mrs. Rawford, das ist... es...es sind Apachen. Apachen! Es sind keine Menschen! Es sind Wilde!"

„Wie könnt Ihr so etwas sagen? Wieso sind es keine Menschen? Wieso ist ihr Kampf blutrünstig und grausam und unserer gerecht? Waren sie nicht vor uns in diesem Land?"

Rolfes Stimme wurde härter.

„Mrs. Rawford, ich schätze eure Meinung. Aber von Politik habt ihr keine Ahnung, und ihr solltet euch auch nicht anmaßen, über das Handeln der zivilisierten Menschheit zu urteilen. Euer Vater selbst hat Landbesitz hier, beschäftigt Arbeitskräfte und hilft mit, das Gebiet aus seinem rohen Zustand herauszuführen. Es ist unsere Aufgabe vor Gott, dieses Land bewohnbar zu machen."

Ich schöpfte tief Luft, um ihm zu widersprechen, aber er fiel mir ins Wort.

„Bitte lasst uns nicht streiten. Ich möchte unseren ersten Abend nicht im Groll verbringen."

Mit heftig klopfendem Herzen schwieg ich. Sollte ich nun genauso handeln wie meine Mutter, die um des lieben Friedens willen nachgab? Sollte ich eine demütige, sanfte Ehefrau werden, die ihre Meinung in ihrem Herzen verschloss? Oder sollte ich aus Klugheit schweigen, nicht nur denken, was ich wollte, sondern auch so handeln?

Den Rest des Weges legten wir nahezu stumm zurück. Als wir uns dem Fort näherten, klang Tanzmusik zu uns herüber, und in allen Fenstern der Offiziersmesse glommen Lichter. In den Hof einfahrend blickte Rolfe scheu lächelnd zu mir und sagte:

„Ich freue mich darauf, mit euch zu tanzen. Das letzte Fest war vor vielen Monaten."

Er half mir vom Wagen und bot mir seinen Arm. Ohne Worte schritten wir hinüber zu dem hell erleuchteten Haus und betraten die Verandastufen.

****

Viel ist mir von diesen ersten Stunden des Balls nicht in Erinnerung geblieben. Die Lichter und der geschmückte Raum verschwammen vor meinen Augen, während Major Rolfe höflich gegrüßt wurde und mich dem einen oder anderen Gast vorstellte. Er war ganz Gentleman, tanzte immer wieder mit mir, holte mir eine kleine Erfrischung und zu essen und brachte mich schließlich an einen Tisch zu seiner Schwester, die mit einem Säugling im Arm dasaß und blass und kränklich wirkte. Auch sie war mit einem Soldaten verheiratet gewesen, der vor ein paar Monaten an Typhus gestorben war. Nun wohnte sie mit ihrem neugeborenen Sohn wieder bei ihrer Mutter in einem kleinen Häuschen am Rand von San Patricio am Rio Ruidoso.

Ich fühlte mich der Menge so fremd, als würde ich sie alle durch ein Fernglas betrachten. Und wenn ich mir vorstellte, dass mein restliches Leben nun so aussehen sollte, fühlte ich wieder und wieder Panik in mir aufsteigen. Ich tanzte mit Rolfe, versuchte, mich höflich mit anderen Frauen zu unterhalten und dabei die neugierigen Blicke zu ignorieren, die mir zugeworfen wurden. Natürlich war bekannt, dass ich nur vor wenigen Tagen in einem Apachendorf gewesen war, und viele schienen nach sichtbaren Zeichen meines Aufenthalts zu suchen. Meine Eltern waren mittlerweile eingetroffen, und meine Mutter mischte sich strahlend unter die Feiernden.

Gerade hatte Rolfe mich wieder zu einem Tanz aufgefordert, und während wir uns auf der Tanzfläche drehten, spürte ich, dass ich es nicht mehr lange aushalten konnte. Schon wollte ich Kopfschmerzen vortäuschen, um mich bei unseren Bekannten frühzeitig zur Ruhe legen zu können, als ein Soldat sehr eilig den Raum betrat. Er sah staubig und müde aus und blickte sich hastig um. Dann erblickte er Major Rolfe und trat rasch auf uns zu. Die Hacken zusammenschlagend sagte er leise:

„Verzeiht die Störung, Major, aber Sergeant Frees ist mit den Gefangenen zurück."

Rolfe hielt mitten in der Bewegung inne und starrte den Soldaten an.

„Wie viele?"

„Eine kleine Gruppe, Sir, Männer, Frauen und Kinder. Sie müssten jeden Moment ankommen."

Rolfe ließ meine Hände los und sagte:

„Entschuldigt, meine Liebe, aber darum muss ich mich kümmern. Ich bin gleich wieder zurück."

Ich wollte fragen, um welche Gefangenen es sich handelte, doch Rolfe war schon durch die Türe verschwunden. Einen Moment zögerte ich, dann folgte ich ihm leise und unbemerkt.

****

Die kühle Nachtluft erfrischte mich, und ich tat einen tiefen Atemzug. Ich trat an das Seitengeländer der Veranda und blickte über den Hof des Forts, als ein paar Reiter herankamen. Sie ritten im Schritt, und ihnen folgte eine langgezogene Gruppe Fußgänger, flankiert von weiteren Reitern. Der ganze Tross bewegte sich über den Hof, auf ein leeres

Pferdekorral neben dem Gefängnis zu. Um besser sehen zu können, stützte ich mich mit beiden Händen auf dem hölzernen Balken des Geländers ab und beugte mich vor.

Es waren die Apachen – die Mescalero des kleinen Dorfes, die den Überfall der Soldaten überlebt hatten. Die Soldaten, die Major Rolfe zusammen mit den Scouts auf die Suche nach den Flüchtigen geschickt hatte, waren offenbar erfolgreich gewesen. Man musste die Apachen in dem unwegsamen Bergland gestellt und zusammengetrieben haben. Und anscheinend hatte man sie den ganzen Weg hierher zu Fuß laufen lassen.

Im wenigen Licht, das aus dem Haus hinter mir herausfiel, konnte ich erkennen, dass Frauen und Kinder voranschritten. Die Kinder wurden teilweise an der Hand geführt, teilweise getragen. Sie sahen alle schmutzig, abgerissen und zu Tode erschöpft aus und hielten die Köpfe gesenkt. Und hinter ihnen – ich spürte, wie sich meine Hände auf dem Holm verkrampften – gingen die Männer. Sie waren entwaffnet worden, schwer bewacht und ihre Gesichter waren steinern.

Ich fühlte einen jähen heftigen Schmerz in meinen Handflächen und sah betroffen, dass ich meine

Finger so fest in das morsche Holz gegraben hatte, dass es unter meinen Händen gesplittert war. Und im nächsten Moment, die Gruppe der Frauen war schon fast an mir vorüber, löste sich eine kleine Gestalt von der Hand einer Frau und schlüpfte unter dem Geländer zu mir. Es war *Keh*, staubverkrustet und mit aufgesprungenen Lippen, und sie umschlang mich auf Hüfthöhe mit beiden Ärmchen. Sofort nahm ich das Kind auf den Arm, drückte es an mich und schritt von der Veranda hinunter zu den Mescalero, von denen einige stehen geblieben waren. Nur wenige Frauen sahen mich an, als ich zu ihnen auf den Hof trat, die meisten der Menschen hatten die Augen in weite Ferne gerichtet.

Nun erkannte ich auch *Ko ʔìgą*`s Schwester, deren Kleid auf Höhe ihres Oberschenkels blutverschmiert war, ich erkannte Gesichter einiger anderer Menschen, mit denen ich am Lagerfeuer gesessen oder in dem kleinen Bach gebadet hatte, und ich wandte meinen Blick zu den Männern. *Ko ʔìgą*` stand inmitten der Gruppe, aber er sah nicht zu mir, auch wenn er bemerkt haben musste, dass sich etwas ereignet hatte. Wie die anderen Männer schien er seine ganze Kraft darauf zu verwenden, einen Ausweg zu finden. *Bleib am Leben*.

Plötzlich rief einer der Berittenen laut:

„Vorwärts, was soll das? Macht, dass ihr weiter-
kommt!" und galoppierte von hinten um die
Gruppe herum. Dann sah er mich neben den Frauen
stehen, ein Apachenkind auf dem Arm. Er zügelte
sein Pferd und starrte mich mit offenem Mund an.

„Mrs. Rawford ... es tut mir... ich habe euch
nicht...was tut ihr hier?" stotterte er zusammen-
hangslos, doch die Mescalero hatten sich schon wieder in Bewegung gesetzt, und ohne ein Wort zu sagen, schritt ich mit *Keh* neben ihnen her.

Für einen Augenblick nur stellte ich mir vor,
welch seltsamen Anblick ich bieten musste, die ich
in einem hellen Ballkleid neben den schmutzigen
und verletzten Apachen ging, eines ihrer Kinder auf
dem Arm, das sein Gesicht an meine Schulter gedrückt hatte, mit einer für die Soldaten unbegreifli-
chen Selbstverständlichkeit. Doch dann wurde mir
klar, dass mein unüberlegtes Handeln mich immer
weiter von den Menschen entfernte, die dort in diesem Haus tanzten und feierten. Jeder Schritt, den
ich auf den Pferch neben dem Gefängnis zuging,
entfernte mich nicht nur räumlich von meinen Eltern oder Major Rolfe.

Dann öffneten die Soldaten das Gatter an dem Pferch und trieben die Frauen und Kinder hinein. Ein Soldat wollte das Tor schließen, bevor ich hindurch gehen konnte, doch unwillkürlich fasste ich das Holz und stieß ihn zurück. Hoch erhobenen Hauptes ging ich den Apachen hinterher, die von den Soldaten angewiesen wurden, sich an der Wand des angrenzenden Gebäudes niederzulassen. Während ich *Keh* absetzte, blickte ich mich um und sah, dass man die Männer in das Gefängnis führte.

Nun trat Major Rolfe auf mich zu, und ich erkannte eine Mischung aus Wut und Entsetzen in seinem Gesicht.

„Mrs. Rawford, wie könnt ihr nur…?"

„Major Rolfe, ich habe euch bereits gesagt, dass die Apachen sich mir gegenüber nie feindselig gezeigt haben, und deshalb werde ich sie weiterhin ebenso freundlich behandeln!"

Er wollte mir widersprechen, doch zunehmend wütend fuhr ich fort:

„Ich verlange, dass die Mescalero Wasser und zu essen erhalten, und dass man ihnen für die Nacht Decken aushändigt."

Inzwischen hatten die Soldaten Fackeln gebracht, und in ihrem Licht sah ich, wie Rolfe allmählich zornig wurde. Leise erwiderte er:

„Ihr habt nichts zu verlangen, Mrs. Rawford, geht wieder hinein zu euren Eltern und überlasst uns die Arbeit, von der ihr nichts versteht."

Keh stand immer noch dicht an meine Beine geschmiegt, und ich hatte meine Hand auf ihr Haar gelegt. Ich dachte im Gegensatz zu Rolfe nicht daran, leise zu sprechen, sondern antwortete mit lauter Stimme, die über den Platz schallte:

„Ich verstehe sehr wohl etwas von hungernden und erschöpften Frauen und Kindern, Sir, und ich werde notfalls selbst dafür sorgen, dass sie zu essen und Wärme erhalten!"

Später erzählte mir *Ko ʔìgą`*, dass er meine Worte sogar im Gefängnis gehört hatte, und dass zum ersten Mal der Name „*Hàcké'isdząą*", die „Wütende Frau" gefallen war. Er sagte mir auch, dass dies ein guter Name für mich war, denn eine wütende, kämpfende Frau war genau das, was die Apachen in dieser Zeit brauchten.

Offenbar empfand Major Rolfe etwas völlig anderes als Anerkennung. Er wurde bleich vor Zorn, drehte sich aber beherrscht um und gab ein paar Befehle. Obwohl ich vor Anspannung und Kälte zitterte, blieb ich bei der Frauengruppe stehen, bis die ersten Deckenstapel eintrafen und verteilt wurden. Drei mürrische Soldaten brachten ein paar Eimer Wasser und mehrere Schöpfkellen, und ein paar weitere Männer trugen harte Weizenmehlfladen in einem Korb herbei.

Nun ging ich mit *Keh* wieder hinüber zu den Frauen. Nur *Ko ʔìgą*`s Schwester blickte mit einem leisen Lächeln zu mir auf, als ich das Mädchen zu ihr schob. Ich kauerte mich bei ihr nieder und nickte fragend in Richtung ihrer Verwundung. Sie schüttelte den Kopf, und ich hoffte sehr, dass sie mir damit bedeuten wollte, dass sie keine Hilfe benötigte. Ich zog eine der Decken vom Stapel und reichte sie ihr, und sie ließ sich müde an der Wand des Gefängnisses nieder, *Keh* mit in ihre Decke gehüllt. Nach und nach erhielten alle Frauen und Kinder Decken, Wasser und Brot und suchten sich auf dem staubigen, dunklen Hof einen Platz zum Schlafen.

Old McSween Store in Lincoln, New Mexico (©VE)

10. DIE WUT

Ich erhob mich und blickte mich um. Die Krieger der Mescalero waren mittlerweile in das angrenzende Gefängnis geführt worden, ich sah den Lichtschein aus der offenen Türe dringen. Ohne zu zögern, ergriff ich den letzten der Wassereimer und eine Schöpfkelle und trat auf das Gebäude zu. Die Soldaten, die nicht mit dem Verteilen von Decken oder Brot beschäftigt waren, blickten mir neugierig zu, als ich das Gatter öffnete und zielstrebig durch die Tür des Gefängnisses schritt.

Der Raum war niedrig und nur durch wenige Petroleumlampen erhellt. Im zentralen Bereich am rückwärtigen Fenster befand sich eine Wachstube mit einem hölzernen Tisch. Zu beiden Seiten wurden großen Gefängniszellen durch schwere Gitterstäbe abgetrennt. Der Boden dort bestand aus gestampfter Erde, die Wände waren aus Stein, und die Räume hatten nur winzige, schmale Fenster ohne Gitter. Als ich eintrat, schlug die schwere Gittertüre der rechten Seite eben hinter den Apachen zu, und einer der Soldaten drehte den Schlüssel im Schloss.

„Sir, haben die Gefangenen zu trinken erhalten?" fragte ich geradeheraus und machte einen forschen Schritt auf den Mann zu. Er sah mich an wie eine Erscheinung und wusste offenbar nichts zu sagen. Major Rolfe erschien neben ihm mit einer Lampe in der Hand und funkelte mich wütend an.

„Mrs. Rawford, eure Sorge um diese Menschen ist völlig fehl..."

Und plötzlich fühlte ich eine Wut in mir aufsteigen, die alles übertraf, was ich bisher empfunden hatte. Es war, als ob eine heiße Welle in mir aufbrandete, die alles überflutete und mir die Beherrschung rauben würde, wenn ich ihr nicht Einhalt gebot. Ich fürchtete, dass sie über mir zusammenschlagen würde, und wenn sie einmal entfesselt war, so würde ich sie nie wieder niederringen können. Offenbar war diese Wut in meinen Augen zu sehen, offenbar war sie sichtbar aus mir herausgedrungen wie ein wabernder Hitzeschleier, denn Rolfe stockte mitten im Satz. Mühsam schöpfte ich Atem, kämpfte die Emotionen nieder und versuchte, meine Fassung wieder zu gewinnen.

„Bitte öffnet die Türe." sagte ich nur, und es war kein Wunsch. Major Rolfe starrte mich weiterhin mit einem unbeschreiblichen Gesichtsausdruck an, und mit einer gewissen Befriedung war mir klar, dass er seinen Heiratsantrag mittlerweile wahrscheinlich zutiefst bereute.

Der Major schien einzusehen, dass ich nicht gehen würde, als bis mein Vorhaben ausgeführt war, und so winkte er dem Soldaten, die Gittertüre wieder zu öffnen. Zwei Bewaffnete traten zunächst ein und trieben die Apachen an eine der Wände der Zelle zurück. Dort sollten sie sich in einer Reihe hintereinander aufstellen, und während dies geschah, betrat ich gefolgt von Rolfe den schmutzigen Raum. Die Mescalero sahen mich immer noch nicht an, nur *Ko ʔìgą`* blickte unter gesenkten Wimpern zu mir herüber. Er war der zweite, der in der Reihe stand, und als ich nähertrat, entsicherten die Soldaten deutlich hörbar ihre Gewehre. Das Geräusch hallte in mir wider, während ich einen flüchtigen Moment daran dachte, dass diese Gewehrkugeln eingesperrte Menschen treffen würden. Ich spürte ein Echo der brennenden Wut.

Ich bot dem ersten Apachen die mit Wasser gefüllte Schöpfkelle an, doch er nahm sie nicht. Stumm ging er an mir vorüber, und mein Herz klopfte zum Zerspringen. Ich verstand den Stolz der Menschen und verfluchte ihn zugleich. Nun trat

Ko ʔìgą̀ vor. Er nahm mir die Schöpfkelle aus der Hand und trank, dann reichte er sie mir zurück, wobei sich unsere Hände kurz berührten. Nur flüchtig blickte er mich an, doch sein Blick traf mich bis ins Mark. Ich hatte seine Berührung kaum wahrgenommen, da war er auch schon an mir vorbei, und der nächste Mann kam an die Reihe. Nun tranken alle, und ich konnte spüren, dass die Soldaten sich höchst unbehaglich fühlten.

Als alle Mescalero an mir vorübergegangen waren, geleitete mich Major Rolfe aus der Gefängniszelle, und hinter mir schlug krachend die Türe zu. Wortlos verließen Rolfe und ich das Haus, ich stellte draußen meinen Eimer ab, dann blieb ich stehen und wandte mich dem Major zu.

„Major Rolfe, ich weiß, dass es nicht üblich ist, dass Frauen so denken oder handeln. Aber was immer ihr sagen oder tun werdet, meine Überzeugung werdet ihr niemals ändern können. Ihr nicht und meine Eltern auch nicht."

Ich drehte ihm den Rücken zu und schritt zu der hell erleuchten Offiziersmesse. Ich wusste, dass ich nur noch dort hinein gehen würde, um meinen Eltern zu sagen, dass ich mich zur Ruhe legen wollte. Ich fühlte mich von bleierner Müdigkeit erfüllt, wollte keine Konfrontation mehr, nicht heute Abend.

Als ich in den Schein der Veranda trat, hatte Major Rolfe mich eingeholt. Er fasste mich am Arm und zog mich herum, und meine Erschöpfung war verflogen. Energisch riss ich meinen Arm aus seinem Griff.

„Fasst mich nicht an!"

„Mrs. Rawford, was ist nur in euch gefahren? Ich lasse mich von euch nicht vor der gesamten Kompanie demütigen!"

„Ihr verfolgt und demütigt diese Menschen! Ich kenne die Geschichte dieses Landes, und ich weiß, wie viel Blut hier geflossen ist! Aber mir haben diese Menschen nie etwas getan, und deshalb werde ich ihnen auch nichts zuleide tun! Ich war in diesem Dorf, habt ihr das schon vergessen? Die erste Kugel hat mich nur um wenige Inches verfehlt!"

„Dieses Land kann erst in Frieden leben, wenn alle Apachen tot sind!"

Major Rolfe brüllte nun, er schien die Fassung zu verlieren. Seltsamerweise hatte seine Wut eine ganz entgegengesetzte Wirkung auf mich – mit sanfter Stimme sagte ich:

„Und das, Major Rolfe, ist ein Irrtum."

Und ohne ein weiteres Wort drehte ich mich um und betrat den Tanzraum.

****

Irgendwie gelang es mir an diesem Abend, meinen Eltern zu sagen, dass ich mich niederlegen wollte, bevor Rolfe wachsbleich den Raum betreten hatte, und irgendwie gelang es mir auch, unsere Bekannten zu finden, um mit ihnen zu gehen, bevor die Ereignisse mit den Apachen die Runde machten. Ohne mit irgendjemandem zu sprechen, floh ich beinahe aus dem Ballsaal und hoffte inständig, dass ich in Ruhe gelassen werden würde. Körperlich und geistig völlig zerschlagen schlief ich ein und erwachte nicht einmal, als sich kurz darauf meine Mutter im nebenstehenden Bett niederlegte.

Am Morgen war ich wieder früh wach und konnte nur ein paar Augenblicke entspannter Schläfrigkeit genießen, bevor mich die Erinnerungen an den gestrigen Abend wie heiße Lava überfluteten. Ich versuchte, die aufsteigende Angst niederzukämpfen und fragte mich, wie es nun weitergehen würde. Wie würde Rolfe reagieren, wie meine Eltern? Was würde geschehen, wenn Rolfe den Heiratsantrag aufgrund meines Verhaltens zurückzog? Und gleichgültig, was weiterhin passieren würde, unsere Nachbarn und die Bewohner der nächsten Siedlung würden jedes Ereignis erfahren, kommentieren und bewerten.

Als sich meine Mutter schließlich regte, konnte ich nicht mehr liegen bleiben, so erhob ich mich und kleidete mich an. An ihrem Gesicht war nicht abzulesen, ob Major Rolfe gestern noch mit ihnen gesprochen hatte, und ich hütete mich, eine entsprechende Bemerkung zu machen. Während wir mit unseren Bekannten, der Familie Eden, frühstückten, drehten sich die Gespräche um die Kleider auf dem Ball, um den neuesten Klatsch im Fort und um die bevorstehenden Hochzeiten. Rosanne, die Tochter unserer Bekannten, war um Einiges jünger als ich, verlobt und konnte kaum den Mund öffnen, ohne die Vorzüge ihres zukünftigen Mannes zu rühmen.

Nur wenige Ballbesucher hatten beim Verlassen des Forts gemerkt, dass die Gefangenen eingetroffen waren, weswegen die Apachen nur ganz kurz angesprochen wurden. Bei der Erwähnung der Mescalero fühlte ich mein Gesicht vor Aufregung heiß werden und mein Herz klopfen. Doch mein Auftritt war scheinbar unbemerkt geblieben.

Meine Mutter und ich betraten den Store des Forts, um einzukaufen, nachdem wir uns von unseren Bekannten verabschiedet hatten, und während meine Mutter den Ladenbesitzer mit einer längeren Liste beschäftigte, sah ich mich ohne Eile zwischen den Regalen um. Ich hatte keine Einkäufe zu erledigen und dies mit dem Argument begründet, dass ich wahrscheinlich sehr bald im Fort wohnen würde und jederzeit einkaufen konnte. Außerdem verspürte ich keine Lust, meine Aussteuer zu vervollständigen, weil dies bedeutet hätte, dass ich mich mit meinem Schicksal abgefunden hätte. Und das hatte ich nicht.

In einer Ecke fiel mir eine große dunkle Fellrolle auf, und ich trat näher. Als ich das Fell mit der Hand berührte und das raue, feste Haar unter meinen Fingern spürte, wusste ich instinktiv, von welchem Tier es war, auch wenn zeitgleich hinter mir eine Stimme ertönte:

„Ein Bisonfell, Ma'am, eines der letzten, das wir noch haben. Die Jäger finden diese Tiere nur noch selten."

Ich wandte mich um. Hinter mir stand lächelnd ein alter Mann, der offensichtlich in dem Store arbeitete, einige Büchsen in den Händen.

„Was soll es kosten?" fragte ich, ohne nachzudenken. Die Berührung des Fells hatte irgendetwas in mir ausgelöst, das ich nicht erklären konnte. Der Helfer nannte mir einen Preis, und nachdem ich ein bisschen gehandelt und überlegt hatte, willigte ich ein. Er legte das zusammengerollte Fell, das ich kaum mit den Armen umfassen konnte, auf einen Tisch und verschwand wieder hinter die Theke.

Als meine Mutter schon ein paar ansehnliche Kisten voller Vorräte und Haushaltswaren beisammenhatte, trat Chess ein und begann, die Kisten auf den vor der Türe stehenden Wagen zu laden. Er schüttelte den Kopf über mein Bisonfell, das meine Mutter noch gar nicht bemerkt hatte, trug es aber gleichwohl hinaus. Schließlich hatte meine Mutter gezahlt, und wir verließen den Laden.

„Eve, Liebes, möchtest du dich nicht von Major Rolfe verabschieden und für den Ball bedanken?" fragte meine Mutter plötzlich, bevor wir auf den Wagen stiegen.

Ich fühlte, wie mein Gesicht sämtliche Farbe verlor. Konnte ich ablehnen? Aber mit welcher Begründung? Dass wir uns gestern Abend schon verabschiedet hatten? Ich konnte nichts anderes tun als nicken. Wir fuhren zunächst zum Offiziersquartier, doch Rolfe war nicht dort. Man sagte uns, dass er zur Kontrolle im Gefängnis sei, also lenkte Chess den Wagen hinüber zu dem niedrigen Gebäude. Meine Mutter und ich stiegen ab und gingen auf die Türe zu. Dabei sah ich, dass die Frauen und Kinder der Apachen sich in den Schatten hinter dem Gebäude zurückgezogen hatten. Doch während meine Mutter an die Türe des Gefängnisses klopfte und eintrat, erhaschte ich einen Blick auf eine kleine Gruppe Soldaten, die im Freien neben der Pferdetränke an anderen der Hausseite standen. Sie höhnten und lachten:

„Trink, du Bastard, trink!"

Ich blieb stehen. Voller Entsetzen erkannte ich, dass zwei Soldaten einen der gefangenen Apachen an den Haaren gepackt hatten und ihn unter Lachen und Schimpfworten kopfüber in die Pferdetränke tauchten. Der Mescalero war scheinbar überrumpelt worden und nicht in der Lage, sich erfolgreich zu wehren. Immer wieder zogen sie ihn kurz heraus, lachten und spotteten ihm ins Gesicht und zwangen ihn dann wieder unter Wasser, bis seine Bewegungen immer schwächer wurden.

Ich handelte, ohne nachzudenken. Blind vor Wut griff ich mit einer Hand in eine Kiste auf unserem Wagen und erfasste zufällig einen kleinen Sack mit körnigem Inhalt, dann rannte ich mit wenigen großen Schritten auf die beiden Soldaten zu und brüllte sie an. Was ich schrie, kann ich nicht mehr sagen, vielleicht beschimpfte ich sie, vielleicht fluchte ich, ich weiß es nicht. Ich weiß nur, dass ich dem Soldaten, der den Apachen unter Wasser hielt, mit beiden Händen und aller Kraft, zu der ich fähig war, den Sack gegen den Kopf schmetterte. Den Soldaten schleuderte es zur Seite, und er blieb reglos liegen, der Apache warf sich würgend und keuchend aus dem Wasser und auf den Boden, sobald er fühlte, dass der Druck nachgelassen hatte, und der zweite Soldat blickte mich mit offenem Mund an.

Mein Herz raste, ich zitterte und starrte den zweiten Soldaten hasserfüllt an. Bevor ich noch Atem schöpfen oder vielleicht auch weitertoben konnte, öffnete sich die Türe des Gefängnisses, und Major Rolfe trat heraus, gefolgt von meiner Mutter.

„Eve, was ist passiert – wir hörten Deine Stimme..." begann meine Mutter unsicher, dann fiel ihr Blick auf den bewusstlosen Soldaten, auf den sich immer noch unter Hustenkrämpfen krümmenden Apachen, und auf mich mit dem Säckchen in der Hand.

Ich blickte an meiner Hand hinunter und auf den bedruckten Leinenstoff: Erbsen. Für einen kurzen

Moment durchzuckte mich das Verlangen, loszulachen – ich hatte den Soldaten mit einem Sack getrockneter Erbsen bewusstlos geschlagen. Dann löste sich meine Starre, die Wut überkam mich erneut, und mit sich überschlagender Stimme schrie ich:

„Sie wollten ihn ertränken! ... Sie wollten einen Gefangen ertränken! ... Ich...!"

Mir fehlten die Worte, ich rang nach Luft. Rolfe blickte hilflos von mir zu dem wie tot daliegenden Soldaten und dann zu dem zweiten Uniformierten.

„Malcom, was ist hier vorgefallen?" fragte Major Rolfe streng, und der Soldat schien sich ziemlich unwohl in seiner Haut zu fühlen.

„Sir, es war der Apache, der gestern von Mrs. Rawford kein Wasser nehmen wollte, und er..., wir dachten..., er sollte..." begann er umständlich, und ich blickte hinunter zu dem Mescalero, der seine Beherrschung langsam wiedergefunden hatte und sich nun mit zittrigen Beinen zu erheben versuchte. Es war tatsächlich der Mann, der gestern Abend als Erster in der Reihe gestanden und das Wasser von mir verweigert hatte. Mühsam stand er auf, aus seinen Haaren floss das Wasser, und seine Augen glühten vor Hass, als er den Soldaten anblickte.

„Ihr dachtet, er sollte ein bisschen Wasser schlucken?" brüllte ich da unerwartet und tat einen raschen Schritt auf den Soldaten zu, der unwillkürlich zurückwich. Doch Rolfe legte mir leicht eine Hand auf die Schulter und bedeutete mir, stehen zu bleiben. Er rief laut über den Hof hinüber, und der strohblonde Leutnant, der einmal bei uns zu Abend gegessen hatte, trat herbei.

„Leutnant Holms, Malcom und Stevens stehen unter Arrest, sie haben einen Gefangenen misshandelt. Bitte bringt den Apachen zurück in seine Zelle."

Und zu Malcom gewandt fügte er hinzu:

„Ihr beide meldet euch heute nach dem Mittagessen bei mir. Ich werde euer Verhalten außerdem an meine Vorgesetzten berichten."

Malcom trat mit bleichem Gesicht zu seinem bewusstlosen Kameraden und versuchte, ihn auf seine Schulter zu heben. Dieser regte sich langsam wieder, und ich hoffte inständig, dass ihm mein Schlag noch lange in Erinnerung bleiben würde.

Während Holms den Apachen zurück in das Gefängnis führte, ging ich zu meiner Mutter und ließ den Sack wieder in die Kiste auf dem Wagen fallen. Meine Hände hatten sich so in die Erbsen gekrallt, dass meine Finger schmerzten, als ich den Griff löste. Außerdem pochte meine geprellte Schulter dumpf durch meine ruckartige Bewegung – doch im Zuschlagen hatte ich die Verletzung überhaupt nicht wahrgenommen. Mein Herzschlag beruhigte sich langsam wieder, aber ich erkannte plötzlich, dass die Wut, die ich gestern Abend tief in mir gefühlt hatte, aus mir herausgebrochen war, um nie wieder zu verstummen. Sie würde für immer ein Teil von mir sein.

„Es tut mir sehr leid, dass ihr so etwas mit ansehen musstet, Mrs. Rawford," sagte Major Rolfe unvermutet neben mir, und fast unwillig wandte ich mich zu ihm um.

„Ihr könnt sicher sein, dass ich es nicht dulde, dass die Gefangenen misshandelt werden."

Ich war drauf und dran, ihn zu fragen, ob die Apachen, die gestern Abend erschöpft und halb verdurstet angekommen waren, nicht misshandelt worden waren, aber ich schluckte die bissige Frage hinunter und nickte nur knapp. Meine Mutter blickte verstört von Rolfe zu mir und Chess brummte schließlich von oben vom Kutschbock:

„Kommt, Missy, lasst uns heimfahren."

Er zwinkerte mir zu, und ich wusste, dass er heimlich stolz darauf war, dass und wie ich reagiert

hatte. Chess half meiner Mutter auf den Kutschbock, und ich schwang mich hinten bei den Waren
auf die Ladefläche. Langsam wendete Chess den
Wagen und verließ das Fort. Ich blickte hinüber
zum Gefängnis, das aus meinem Blickfeld verschwand, und dachte plötzlich, dass ich vergessen
hatte, Rolfe danach zu fragen, was mit den gefangenen Apachen geschehen würde. Ich hoffte, dass sie
die Zelle bald würden verlassen können.

Von *Ko ʔìgą̀* erfuhr ich später, dass sie alle noch
am selben Tag, als wir gefahren waren, wieder auf
die Reservation hatten zurückkehren können. Und
dass sie mich seit diesem Tag *„Hàcké'isdzą̀ą̀"*, die
„Wütende Frau" nannten. Mein Eingreifen hatte
viele Mescalero erst verwirrt und dann doch beeindruckt. Und selbst wenn der Krieger, den die Soldaten hinter dem Gefängnis misshandelt hatten,
nichts erzählt hätte, so waren doch meine lauten
Worte für jeden Krieger im Gefängnis und für alle
Frauen im Korral hörbar gewesen. Nicht alle hatten
mich verstanden, aber mein Tonfall musste eindeutig gewesen sein. Es war offensichtlich, dass ich
mich nicht so verhielt, wie es andere weiße Frauen
taten.

Am Grindstone Lake, New Mexico (©VE)

11. Die Farm

Aus irgendeinem merkwürdigen Grund hatte Major Rolfe über unsere Auseinandersetzung am Ballabend kein Wort verloren. Weder meine Eltern noch andere Teilnehmer des Festes erfuhren mehr als die Tatsache, dass die flüchtigen Apachen am gleichen Abend in das Fort gebracht worden waren, und außer Chess und meiner Mutter wusste niemand, dass am Morgen zwei Soldaten die Nerven verloren hatten und es einem Apachen hatten heimzahlen wollen. Meine Mutter hatte außerdem glücklicherweise die Worte nicht gehört, mit der der eine Soldat sein Verhalten und das seines Freundes erklärt hatte, sonst hätte sie sich gefragt, wieso ich den Apachen Wasser gebracht hatte.

Während sich der Frühling langsam über das Land bewegte, den letzten Schnee in den Schattenstellen der Berge schmolz und die Bäume an den schmalen Bachläufen hellgrün austreiben ließ, schien alles seinen gewohnten Gang zu gehen. Doch etwas war anderes – ich war anders.

Nachdem ich es erworben hatte, hatte ich das Bisonfell auf der Ranch entrollt und an einer sonnigen Stelle über den Holzzaun gelegt. Mit einem grobzinkigen, alten Kamm von mir hatte ich begonnen, das raue, dunkle Haar des Fells zu entwirren und zu bürsten, und wenn ich innehielt, taumelten Büschel ausgekämmter Haare über den Sand. Einmal sah ich sogar, wie ein kleiner Vogel in einiger Entfernung landete und ein Fellbüschel im Schnabel davontrug – seine Jungen würden dieses Jahr sicherlich ein besonders weiches Nest bekommen. Immer wieder trieb mir der Wind den schweren Geruch des Fells in die Nase, der in der Sonne intensiver zu werden schien.

Meine Mutter hatte die Hände über dem Kopf zusammengeschlagen, als sie das Fell schließlich entdeckt hatte. Da ich es aber von meinem Geld gekauft hatte, konnte sie mich nicht wirklich dafür schelten. Sie bestand nur darauf, dass ich es nicht mit ins Haus nehmen durfte – so etwas Schmutziges und Stinkendes wollte sie nicht in den Wohnräumen haben – was sollte Major Rolfe denn von mir denken? Tatsächlich war das Fell, als ich es fertig gekämmt hatte, weder schmutzig noch stinkend. Schwer und dunkelbraun glänzend lag es vor mir, erstaunlich weich für so ein gewaltiges Tier. Aufgrund der letzten Ereignisse war es mir zudem ziemlich gleichgültig, ob Major Rolfe ein Bisonfell bei mir fand, und so brachte ich das Fell heimlich in mein Zimmer und verbarg es zuunterst in einer großen Truhe mit Kleidung. Nur gelegentlich und vor allem abends nahm ich es hervor, entfaltete es und ließ meine Finger durch die Haarbüschel tanzen.

Major Rolfe hatte mich auf dem Ball tatsächlich das ein oder andere Mal als seine Verlobte bezeichnet oder vorgestellt, und als er wenige Tage danach das erste Mal wieder auf der Ranch erschien, überreichte er mir ein kleines blaues Schmuckkästchen. Ein schmaler Silberring mit einem kleinen Saphir befand sich darin, und während meiner Mutter Glückstränen über die Wangen rollten, steckte ich ihn mir an den Finger. Ich empfand den Ring allerdings nicht als Schmuck, sondern als Fessel, und jedes Mal, wenn ich seiner gewahr wurde, durchfuhr mich ein fast körperlicher Schmerz.

Ich war rastlos. Ich konnte an nichts anderes denken als an die Bewohner des Apachendorfes. Und wieder und wieder stellte ich mir die Frage, weshalb ich so handelte. Weshalb unterschied sich mein Denken und Handeln so grundsätzlich von dem meiner Eltern? Weshalb glaubte ich die Geschichten nicht, die die Zeitungen über die Apachen erzählten? Was fesselte mich so an diesen Menschen? Was wollte ich tun?

Nur wenige Tage später kam Major Rolfe erneut bei uns vorbei. Er war mit einem Trupp Soldaten unterwegs auf der Suche nach einer Gruppe Apachenkrieger, die die Reservation wieder verlassen hatten und verdächtigt wurden, eine Siedlung überfallen zu haben. Voll Bitternis schwieg ich und dachte daran, dass ich in meinem zukünftigen Leben nun immer wieder damit konfrontiert werden würde, dass mein Mann auf die Jagd nach den Menschen gehen würde, deren Nähe ich suchte.

Rolfe überbrachte mir aber auch eine Einladung seiner Schwester. Diese hatte sich aus Kummer über ihren verstorbenen Mann in den letzten Monaten zwar sehr zurück gezogen, hatte aber am Ballabend Zuneigung zu mir gefasst und bat mich nun, ihre Mutter und sie auf der kleinen Farm in San Patricio zu besuchen. Meine Eltern waren sehr angetan von der Idee, dass ich mich mit Major Rolfes Familie anfreunden würde, und sie baten einen unserer Cowboys, mich am folgenden Sonntag nach der Messe mit dem Einspänner dorthin zu bringen.

So machte ich mich an diesem Sonntagmittag mit einem Korb voller Kuchen und Geschenken mit Lawrence auf den Weg. Lawrence würde auf der Farm bleiben und mich vor Einbruch der Dunkelheit wieder nach Hause bringen. Worüber ich mit Rolfes Schwester, sie hieß Annabelle, sprechen sollte, war mir noch ein Rätsel, da sie schon am Ballabend sehr still und in sich gekehrt gewesen war, aber ich baute darauf, dass ihre vertraute Umgebung sie aufmuntern würde. Doch als das Anwesen inmitten des bewaldeten Tals des Rio Ruidoso auftauchte, hoffte ich inständig, dass der Tag rasch vergehen würde. Wie hätte ich ahnen können, wie dieser Tag enden würde?

Annabelle trat vor die Türe, als der Wagen sich näherte. In den Armen trug sie ihr Kind, und hinter ihr stand ihre Mutter. Beide Frauen lächelten mir zu, als wir vorfuhren und ich absaß, und Annabelle führte mich sofort in das kleine Haus. Offensichtlich hatte die Familie sich mit der Landwirtschaft nie so richtig über Wasser halten können, denn das Adobehaus war niedrig, dunkel, aber sauber, und besaß nur zwei Räume. Die Räume wurden durch die offene grobe hölzerne Türe und ein schmales Fenster in den Lehmwänden erhellt. Ich konnte einfache Möbel wie einen Tisch mit Tischtuch und Stühlen, zwei Bettgestelle, eine Wiege und eine Kleidertruhe erkennen, dazu einen Flickenteppich, eine niedrig hängende Petroleumlampe und ausgebleichte Leinenvorhänge. Einige Töpfe und etwas Geschirr standen auf einem schmalen Brett an der Wand.

Die Mutter kochte an einem offenen Kamin Kaffee, und Major Rolfes Schwester legte mir behutsam ihr Kind in die Arme. Und ich, die ich mir nie hatte vorstellen können, selbst Kinder zu bekommen, fühlte plötzlich den unerklärlichen Wunsch, dieses Kind zu schützen. Es war so zerbrechlich, und ich getraute mich kaum, meine Armhaltung zu verändern, aus Angst, ihm irgendwie zu schaden.

Wir unterhielten uns zwanglos und über Nichtigkeiten, während ich hörte, wie Lawrence den Wagen hinter das Haus fuhr und die Pferde ausschirrte. Und gerade hatte Annabelle den ersten Kuchen aus dem Korb genommen, als ich hinter dem Haus einen Schuss und Lawrence einen erstickten Schrei ausstoßen hörte. Ich verhielt sofort in meiner Bewegung und lauschte, und nur Sekundenbruchteile später konnte ich leise Schritte rund um die Hütte herum feststellen. Ich sprang auf, doch in diesem Augenblick wurde die Türe aufgestoßen, und

Lawrence taumelte herein. Wieder knallte ein Gewehrschuss, die Kugel traf den Mann in den Rücken, und er brach heftig blutend in der Türöffnung zusammen.

Annabelle schrie auf und riss mir ihren Sohn aus den Armen. Ihre Mutter wich mit bleichem Gesicht an die Rückwand des Hauses zurück, als zwei Gestalten über den Toten hinweg stiegen und sofort in den dunklen Raum feuerten. Ein Geschoss durchschlug glatt meinen linken Oberschenkel, die zweite Kugel traf Annabelle in die Brust und zerschmetterte auch den Schädel ihres Kindes. Mutter und Sohn waren sofort tot. Ich wurde durch die Wucht des Einschlags rücklings zu Boden gerissen und schlug schwer neben der hölzernen Kleidertruhe auf. Während ich Blut wie einen reißenden Strom aus mir herausfließen spürte, betraten die Angreifer den Raum, und die vorher gegen die Türöffnung dunklen Umrisse wurden deutlicher: es waren Apachen!

Völlig hilflos sah ich zu, wie zwei Männer Rolfes Mutter mit mehreren Schüssen töteten und dann die ersten Schränke öffneten, um zu plündern. Zwei weitere Apachen erschienen in der Türöffnung, ebenfalls mit Gewehren bewaffnet. Ich hatte inzwischen mit aller Beherrschung, zu der ich fähig war, den rechten Arm über den Deckel der Kleidertruhe gelegt und stemmte mich mühsam aus meiner liegenden Position in die Höhe. Mein rechtes Bein zitterte unter der Anstrengung, meinen Körper zu tragen, mein linkes Bein konnte ich weder anwinkeln noch irgendwie bewegen. Halb hockend, einen Arm immer noch über die Truhe gelegt, verhielt ich und blickte zu den Apachen hoch.

Einer der beiden gerade eingetretenen Apachen richtete nun seinen Gewehrlauf auf mich, und ich fühlte jähe Panik in mir aufsteigen. *Bei Gott, lass es rasch vorüber sein*, dachte ich, denn in dem anderen Apachen erkannte ich voller Schrecken *Ko ʔìgą̀*. Dieser jedoch legte eine Hand auf den Gewehrlauf seines Gefährten und drückte ihn langsam nach unten. Im gleichen Moment spürte ich, wie ich durch den Blutverlust immer schwächer und schwächer wurde. Mein Arm glitt langsam von dem Truhendeckel hinunter, und ohne es verhindern zu können, sank ich wieder rückwärts zu Boden.

Ko ʔìgą̀ trat einen Schritt näher und blickte auf mich nieder. Ich konnte kaum mehr die Augen offenhalten und blinzelte mühsam gegen die lähmende Ohnmacht an. *Nein, ihr müsst keine Kugel mehr verschwenden*, dachte ich verschwommen, *ihr könnt einfach hier stehen und zusehen, wie ich sterbe.* Aus den Augenwinkeln sah ich, wie *Ko Ɂìgą̀* das Tuch vom Tisch zog und der zweite Krieger die Petroleumlampe von der Decke zu Boden riss. Der staubige Flickenteppich fing sofort Feuer. In der aufwallenden Hitze betete ich im Dahindämmern darum, dass ich das Bewusstsein verlieren möge, bevor die Flammen die hölzerne Decke erreichten. Dann hüllte mich Dunkelheit ein.

****

Verschwommene Bilder blieben mir in Erinnerung. Ich sah den blauen, wolkenlosen Himmel über mir schwanken, roch Rauch, fühlte einen dumpfen unerbittlichen Schmerz meine gesamte linke Seite ausfüllen und versank immer wieder in Schwärze. Dann erwachte ich eines Tages in einem Bett in einer kleinen hellen Stube, unendlich schwach und zittrig und völlig orientierungslos.

Wie lange ich so bei halbem Bewusstsein gelegen hatte, konnte ich nicht sagen. Plötzlich öffnete sich jedoch die Türe zu der Stube, und eine junge Frau trat ein. Sie blickte mich an, und ein erleichtertes Lächeln erhellte ihr Gesicht.

„Ihr seid erwacht – dem Himmel sei Dank! Ich werde sofort den Arzt holen!"

Und sie huschte wieder hinaus.

Nur wenige Minuten später trat der Arzt unserer kleinen Ortschaft ein und musterte mich zufrieden.

„Ihr habt eine robuste Gesundheit, Mrs. Rawford! Ihr wart lange bewusstlos!"

Ich versuchte zu sprechen, wollte fragen, was geschehen war, doch meine Lippen wollten mir nicht gehorchen. Der Arzt beschwichtigte mich sogleich.

„Sprecht nicht, Mrs. Rawford, es ist alles gut. Ihr werdet wieder gesund werden, es wird nur ein wenig dauern."

„Annabelle – ihre Mutter – das Haus..." stieß ich mühsam hervor, und der Arzt senkte betroffen den Kopf.

„Annabelle Rolfe, ihre Mutter und ihr Sohn sind alle tot, auch euer Cowboy Lawrence Dickson. Das Anwesen ist niedergebrannt, alles Vieh wurde fortgetrieben. Es ist ein Wunder, dass Ihr Euch ins Freie retten konntet."

„Was...?"

Ich blickte verwirrt zu dem Arzt hoch.

„Ja, ein Trupp von Fort Stanton hat Euch schwer verletzt vor der schwelenden Ruine gefunden. Ihr habt Eure Verletzung mit einem Tuch abgebunden, ich vermute, das Tischtuch."

Völlig entgeistert starrte ich ihn an. Ich hatte mich ins Freie retten können? Meine Verletzung mit dem Tischtuch des Hauses abgebunden? Ich hatte nur noch das Bild vor Augen, wie ich vollkommen wehrlos und rücklings vor den beiden Apachen zu Boden gesunken war. Meine Augen waren auf *Ko ʔìgą̀* gerichtet gewesen, der das Tischtuch in der Hand hielt. Ich hatte mich weder bewegen noch sprechen können, und es war völlig unmöglich, dass ich an das Tuch hätte kommen können. Nie in dieser Welt wäre ich in der Lage gewesen, an den Apachen vorbei aus der brennenden Hütte zu fliehen. Was war geschehen?

„Das … nicht möglich – ich war bewusstlos...“

„Ja, Mrs. Rawford, Ihr wart bewusstlos, aber die Soldaten banden eine Decke zwischen zwei Pferde und brachten Euch hierher. Ihr habt einen unglaublichen Überlebenswillen.“

Ich schloss die Augen. Während ich hörte, wie der Arzt ein Medikament in Wasser rührte, fühlte ich die Gewissheit über das, was mit mir passiert war, in mich einsickern wie leise Tropfen. Er musste es getan haben, *Ko ʔìgą̀*. Es gab keine andere Erklärung. Er musste meine Schusswunde mit dem Tischtuch abgebunden haben und mich dann ins Freie gebracht haben. Gezogen? Getragen? Aber weshalb?

Der Arzt gab mir ein Beruhigungsmittel, und ich schlief wieder ein, diesmal traumlos. Als ich wieder erwachte, gab mir die junge Frau eine stärkende Fleischbrühe zu trinken, wechselte meinen Verband und verabreichte mir ein Schmerzmittel, woraufhin ich wieder einschlief. Die dumpfen Schmerzen, die von der Verletzung in meine gesamte linke Seite ausstrahlten, wurden so weit betäubt, dass ich erst gegen Abend aufwachte.

Und während ich schlief, hatte der Arzt einen Boten zu meinen Eltern geschickt, denn als ich das nächste Mal die Augen aufschlug, saßen sie beide an meinem Bett. Sie hatten Todesängste um mich ausgestanden, meine Mutter sah bleich und unausgeschlafen aus, mein Vater war ein wenig unrasiert und hatte gerötete Augen. Da der Arzt sie aber ermahnt hatte, mich nicht anzustrengen, blieben die Gespräche kurz und weitestgehend sachlich.

Die Tage vergingen langsam, und zäh, aber stetig verbesserte sich meine Gesundheit. Fast jeden Tag erhielt ich Besuch, von meiner Mutter, die für längere Zeit bei unseren Bekannten in der Stadt wohnte, um bei mir zu sein, von Major Rolfe, dessen Gesicht nach dem Tod seiner Mutter, Schwester und seines Neffen tiefere Falten bekommen hatte, von Rosanne und anderen Frauen des Ortes, von meinem Vater und unseren Cowboys, von Kindern und Familien der kleinen Schule, und sie alle wollten mir mit allen Kräften helfen, das Schreckliche zu vergessen.

Doch sie konnten mir nicht helfen. Während ich genesend im Bett lag, hatte ich viel Zeit zum Nachdenken, und meine Gedanken waren schmerzhaft und ohne Ziel. Ich hatte erkannt, dass ich in den langen Jahren, in denen ich auf unserer Ranch und in der Nähe von Fort Stanton gelebt hatte, den Geschichten über die blutrünstigen Apachen einfach nicht hatte glauben wollen. Ich hatte die Meinung der anderen nicht ungeprüft übernehmen wollen, teilweise weil mein Vater mir durch sein eigenes Verhalten eine andere Meinung eröffnet und erlaubt hatte, teilweise weil sich meine Ansichten in vielen Dingen grundsätzlich von denen der anderen Siedler unterschieden. Ich war überzeugt gewesen, dass es eine andere Seite des Krieges geben musste, eine andere Seite der Wahrheit.

Und ich hatte diese Seite gefunden, so meinte ich zumindest. Ich hatte meinen Vater gesehen, dessen schlichte rote Bänder an den Rindern unserer Ranch Frieden mit den Apachen brachten. Ich hatte selbst erlebt, dass die Menschen sich mir mehr und mehr nährten, als ich ihnen Nahrung brachte. Ich hatte *Ko ʔìgą̀*`s Meinung über mich geändert, der mich bei unserem ersten Treffen noch aus dem Dorf hatte werfen wollen, der mich dann geduldet hatte, und den ich immer noch der gleichen Überzeugung folgend von den Soldaten befreit hatte. Er war es gewesen, der mich geschützt hatte, als seine Gefährten mich ausrauben und vielleicht auch erschießen wollten, er hatte mir genug vertraut, um mich in das verborgene Dorf der Flüchtlinge mitzunehmen, er hatte *Keh* und mich aus dem Kampf gerettet. Seitdem war ich erst recht bereit gewesen, die Apachen zu verteidigen. Und meine Hilfe galt nicht nur ihm, sondern allen Menschen in seiner Gruppe, auch seiner Schwester, dem kleinen Mädchen, jedem einzelnen Krieger, jeder Frau.

Doch nun hatte ich einen der Apachenüberfälle miterlebt, von denen meine Mutter immer sprach, die sie in Angst und Schrecken versetzten. Ich hatte gesehen, wie die Apachen ohne Zögern Männer, Frauen, Säuglinge töteten. War das, was ich vorher mit den Apachen erlebt hatte, die wahre Seite oder

der Überfall? Oder gehörte es alles dazu, alles zu einem einzigen Leben? War es naiv gewesen, die Menschen, in deren Land seit Jahrhunderten Eroberer, Goldsucher, Händler und Siedler eindrangen, als hilflose Opfer zu sehen, wenn gleichzeitig die Zeitungen, Politiker und Armee sie als Bestien abstempelten? Waren sie weder das eine noch das andere, oder waren sie Beides?

Konnte ich mir eingestehen, dass sie meine Hilfe vielleicht manchmal annahmen und vielleicht manchmal zurückwiesen, wie der Apache im Gefängnis, der sich weigerte, das gereichte Wasser zu trinken? Konnte ich sie selbst entscheiden lassen, wann sie mir zu Gefallen waren und wann nicht? Konnte ich sie so akzeptieren? Hätte ich ihnen selbst dann geholfen, wenn ich gewusst hätte, dass sie auch mich angreifen würden, wenn es nötig sein würde?

Dennoch, ich war am Leben, als einzige aus diesem Holzhaus. Ich war dem Tod nahe gewesen, ich wäre verblutet oder verbrannt. Die anderen Apachen hätten den Besitz der Familie geplündert und wären verschwunden. Ob ich irgendwann einmal ihre Kinder mit Decken oder Nahrung versorgt hatte, spielte keine Rolle, ich war eine Weiße, eine der Plünderer, eine von denen, die nicht mehr fortgingen. Und trotzdem hatte ich überlebt. Hätte *Keh* versucht, mich zu retten, wenn sie da gewesen wäre? *Ko ʔìgą̀*`s Schwester?

Es war müßig, darüber nachzudenken. Der Apache *hatte* mich gerettet, das Tötende Feuer. Ich wusste nichts von der fehlenden Hierarchie in einer Apachengruppe, und deshalb fragte ich mich, weshalb es ihm erlaubt gewesen war, mich aus der Hütte zu bringen. Oder war er der Anführer der Gruppe gewesen, der handeln konnte, wie er wollte? Wie beurteilten die anderen Krieger sein Handeln? War er irgendjemandem Rechenschaft schuldig? Hatte er es heimlich getan?

Major Rolfe war auf der Suche nach flüchtigen Apachen gewesen, als er mir die Einladung seiner Schwester überbracht hatte, Apachen, die verdächtigt wurden, eine Siedlung niedergebrannt zu haben. Waren es diese Männer gewesen, diese vier Krieger? Ich wusste, dass Rolfe immer noch auf der Suche war, und dass er natürlich jetzt ein persönliches Interesse verfolgte.

Ich hatte bei der Beisetzung seiner Mutter, Schwester und des Kindes nicht anwesend sein können, da ich zu diesem Zeitpunkt noch nicht einmal hatte aufrecht sitzen können. Meine Eltern waren bei der Beerdigung gewesen, und sie hatten mir erzählt, dass Rolfe dabei sehr beherrscht, aber auch entschlossen gewirkt hatte. Außerdem hatte er meinen Vater gebeten, dass er die Hochzeit mit mir auf den Zeitpunkt verschieben dürfe, bis die Apachen gestellt seien. Aus Rücksicht auf seine Gefühle hatte mein Vater natürlich zugestimmt, auch wenn er es lieber gehabt hätte, wenn wir sofort und damit vorher geheiratet hätten. Gottlob war meine angeschlagene Gesundheit ein weiteres Hindernis für die Hochzeit, und ich hatte aufgeatmet. Man hatte mir eine Frist gewährt, und ich gedachte, sie zu nutzen.

****

Als ich schon seit einigen Tagen wieder sitzen konnte, kam Chess mit dem Wagen vorbei, um mich vom Arzt in der Stadt abzuholen und auf unsere Ranch zu bringen. Mein geschwächter Zustand machte ihn völlig hilflos, er bestand darauf, mich eigenhändig die Stufen zum Hof hinunterzutragen und murmelte mir ständig beruhigende Worte zu, als sei ich ein kleines Kind. Da er der einzige auf der Ranch war, gegen den ich keinen Groll hegte, ließ ich ihn gewähren und versuchte, ihn auf der Fahrt mit Gesprächen abzulenken.

Auf der Ranch kümmerten sich Maria und meine Mutter um mich, und unter ihrer Fürsorge fühlte ich mich gefangen wie in einem Netz. Fortan verwendete ich alle Energie darauf, wieder gesund zu werden, wieder zu laufen, mich eigenständig verbinden sowie waschen zu können. Sobald ich wieder aufstehen konnte, verließ ich das Bett und verbrachte viel Zeit auf der Veranda, spazierte zu den Pferdeställen, half Maria in der Küche. Da ich so lange krank gewesen war, hatte man eine andere Frau in der Schule eingesetzt, weswegen die Fahrten in die Stadt für mich wegfielen.

Wieder war ich rastlos, ruhelos, getrieben. Da meine Mutter jedes Mal fast hysterisch wurde, wenn ich die Apachen erwähnte, konnte ich es mir kaum erlauben, nach den Mescalero zu fragen. Ich konnte nicht erfahren, ob die Täter gefunden worden waren, ob die anderen Menschen im Reservat wegen der Taten einiger weniger leiden mussten, oder ob noch weitere Überfälle geschehen waren. Ich konnte nur hoffen, dass Rolfe irgendwann wieder auf unserer Ranch vorbeikam und vielleicht von seinen Erfolgen oder Misserfolgen berichtete. Und so wartete ich, und wusste nicht, auf was.

Hispanische Siedlung El Rancho de las Golondrinas,
New Mexico (©VE)

12. STACHELDRAHT

Der Frühling wurde milder und wärmer. Meine Genesung hatte so große Fortschritte gemacht, dass ich mich schon wieder völlig sicher auf der Ranch bewegen konnte. Ich hatte wieder zu reiten begonnen, und Jynny war vor Freude kaum zu bändigen. Allerdings bestanden meine Eltern darauf, dass ich mich im Moment noch in der unmittelbaren Nähe der Ranch aufhielt und keine weiten Ausritte mehr unternahm. Sie wollten mich auf keinen Fall wieder in irgendeiner gefährlichen Situation wissen und behielten mich nahe beim Haus. Vor allem meine Mutter hatte es sich zur Aufgabe gemacht, meine Aussteuer zu vervollständigen und versuchte mich immer wieder davon zu überzeugen, dass Major Rolfe die Schuldigen bald gefasst hatte, und dass meine bevorstehende Hochzeit nur eine Frage der Zeit war.

Doch ich war mir dessen nicht so sicher. Irgendetwas sagte mir, dass die Apachen das Land so gut kannten, dass sie einer berittenen Truppe leicht entkommen konnten. Oder vielleicht hoffte ich es auch nur, da ich dann eine mögliche Hochzeit mit Rolfe immer weiter hinausschieben konnte. Da ich das Thema „Apache" bei meinen Eltern nicht zur Sprache bringen konnte, hielt ich mich immer wieder bei Maria in der Küche auf und begann sie langsam und stückweise über ihre Zeit bei den Apachen auszufragen. Und nach und nach erfuhr ich ihre ganze Geschichte.

Maria war acht Jahre alt gewesen, als die Apachen ihre kleine Siedlung überfielen. Sie waren auf der Suche nach Beute, nach Vieh und Waffen. Die wenigen Mexikaner leisteten kaum Widerstand, zumal sie nur über wenige Feuerwaffen verfügten. Und so starben viele Freunde und Verwandte von Maria, auch ihr Bruder und ihr Vater. Maria wurde, daran konnte sie sich noch erinnern, von einem gedrungenen Apachenkrieger aus den Armen ihres sterbenden Vaters gerissen. Hinter ihr die schwelenden Trümmer der einfachen Adobesiedlung wurde sie tagelang nach Süden durch das unwegsame Gelände getrieben, das erste Stück barfuß, damit ihr die Flucht schwerer fallen würde. Ihr Fänger erlaubte ihr nach den ersten Tagen irgendwann etwas Wasser und Schlaf, und nach etwa einer Woche kamen sie im Dorf an.

Die Frau des Apachen, der sie gefangen hatte, hatte erst vor kurzer Zeit ein Kind, ein Mädchen, durch eine schwere Krankheit verloren, und sie nahm Maria auf. Nach dem anfänglichen Schock vergaß Maria die Schrecken ihrer Gefangennahme und gewöhnte sich gut ein. Sie vergaß auch Spanisch und beherrschte dafür die Sprache der Mescalero. Wie die anderen Mädchen lernte sie die notwendigen Fertigkeiten, wie das Bearbeiten von Leder oder Kenntnisse über Heilpflanzen. Sie half dabei, Mescalstöcke aus dem Boden zu graben, sie während Tagen in einem Erdofen zu backen und die getrockneten Mescal-Scheiben zu Vorrat zu verarbeiten. Wenige Jahre später durchlief sie die viertägige Zeremonie, die sie zu einer erwachsenen Frau machte, und heiratete.

Über ihren Mann verlor Maria nicht viele Worte. Eine Liebesheirat kam bei den Apachen zwar durchaus vor, und die Frauen hatten bei der Wahl ihres Ehemannes sehr großes Mitspracherecht, aber meist waren praktische und ökonomische Gründe ausschlaggebend. Die Männer waren für die Nahrungsbeschaffung durch Raubzüge und Jagd zuständig, und sie verteidigten im Angriffsfall das Dorf, damit die Frauen und Kinder fliehen konnten; und die

Frauen sammelten Pflanzen und Früchte, legten Schlingen und verwalteten die Nahrung. Sie zogen die Kinder groß und fertigten Kleidung und Alltagsgegenstände an. Waren die Männer abwesend, so hatten die Frauen im Lager das Sagen.

Während einmal viele der Männer abwesend gewesen waren, wurde das Dorf, in dem Maria nun lebte, von mexikanischen Soldaten angegriffen, und die wenigen männlichen Verteidiger, die zurückgeblieben waren, reichten nicht, um zu verhindern, dass fast alle Frauen und Kinder in mexikanische Gefangenschaft kamen. Ich fand nicht heraus, ob Maria ein Kind gehabt hatte, ob es überlebt hatte, ob es im Lager geblieben war, oder ob es zusammen mit ihr gefangen genommen wurde. Jedenfalls erkannte man Maria als Mexikanerin und brachte sie zu den Überlebenden ihrer mexikanischen Familie, die sich sehr liebevoll um sie kümmerten. Man brachte ihr wieder Spanisch bei und gliederte sie in die Gemeinde ein, auch wenn es ihr zunächst sehr schwerfiel. Dann heiratete sie wieder, diesmal einen Mexikaner und zog mit ihm hier auf diese Ranch, die der Freund meines Vaters gekauft hatte, um zu arbeiten. Ihr Mann starb ein Jahr, bevor ich auf der Ranch eintraf.

Maria wollte zu Beginn nicht viel über ihre Zeit bei den Apachen sagen, da man ihr nach ihrer Rückkehr in der mexikanischen Siedlung viel Misstrauen und Verachtung entgegenbrachte. Wer sie nicht kannte, dem verschwieg sie ihre Kindheit und Jugend, und bald schien man es insgesamt zu vergessen. Ich aber wollte und konnte es nicht vergessen und fragte sie mal beharrlich, mal beiläufig, und da sie mich gerne hatte, antwortete sie auch. Sie wurde langsam gesprächiger, und immer wieder tauchten kleine Erinnerungen aus ihrer Vergangenheit auf, Spiele, lustige Erlebnisse, Treffen mit anderen Gruppen, aber auch Konflikte und Hungerzeiten. Ich fühlte, dass mich das Leben der Apachen immer mehr faszinierte, ich konnte mich dem nicht mehr entziehen.

Major Rolfe sah ich nur selten. Manchmal kehrte er zwischen zwei Kundschaftsritten nach Fort Stanton zurück, und manchmal besuchte er unsere Ranch dabei. Er wirkte jedes Mal erschöpft und entmutigt, da er die flüchtenden Apachen nicht nur auf den Ebenen, sondern auch in den bewaldeten Hängen der Sacramento Mountains suchen musste, und da ihm nur wenige Soldaten zur Verfügung standen. Er wurde unnahbarer, getrieben von Rache für seine getötete Familie, und mir gegenüber schuldbewusst, weil er unsere Hochzeit hinauszögerte. Ich selbst begegnete ihm höflich, nicht allein aus Mitleid, sondern auch aus Neugier. Er war der einzige, von dem ich Neuigkeiten über die Mescalero erfuhr, und da ich vorgab, ebenfalls an der Bestrafung der Mörder interessiert zu sein, erzählte er mir mehr oder weniger bereitwillig von seinen Unternehmungen. Allerdings musste er dies in Abwesenheit meiner Eltern tun, da vor allem meine Mutter von den Apachen nichts hören wollte.

****

Der Tag war ungewöhnlich schwül gewesen, und bis zum Abend hin hatte sich kein Windhauch bewegt. Es dämmerte bereits, und ich hatte mich mit Kopfschmerzen schon früh am Abend auf mein Zimmer zurückgezogen. Chess und drei andere Männer waren zwischen dem Wohnhaus und der Scheune beschäftigt, mehrere Rollen Stacheldraht vom Wagen abzuladen, sie hatten auf einigen Weiden die im Winter schadhaft gewordenen Zäune ausgebessert. Durch das offene Fenster, vor das ich die hellen Vorhänge gezogen hatte, hörte ich leise ihre Stimmen und ihre Schritte, und allmählich drang langsam und kühl eine abendliche Brise von draußen herein.

Ich hatte mir bereits mein langes Nachthemd übergezogen und stand nun im Schein der kleinen Petroleumlampe vor dem Kommodenspiegel, um mir die Haare zu kämmen. Mein Gesicht, das durch die Krankheit schmal geworden war, füllte sich langsam wieder, doch immer noch konnte ich keine hübsche Frau erkennen. Ich seufzte. War das überhaupt entscheidend? In der hereinbrechenden Dunkelheit verhielt ich in der Bewegung, nachdenklich und lauschend zugleich.

Es war, als ob er gar nicht dazu fähig war, ein Geräusch zu verursachen. Er glitt völlig unhörbar über das Fensterbrett, nur die Vorhänge, die sich leicht bauschten, flatterten unter seiner Berührung. Ich nahm die Bewegung zunächst nur aus den Augenwinkeln wahr, sah einen Schatten auf den Fußboden fallen und wandte mich um.

Es war *Ko ʔìgą̀*. Er war gekleidet wie immer und trug seine Flinte locker in der Hand. Lautlos trat er von der hellen Fensterfläche weg und einige Schritte auf mich zu. Ich war unfähig mich zu bewegen und starrte den Apachen nur an, die Haarbürste noch in der Hand. Das letzte Mal hatte ich ihn auch in einem Haus gesehen, ihn und drei andere Apachen, die gekommen waren, um zu töten. Und doch lebte ich. Er trat einen weiteren Schritt auf mich zu und blickte an mir herunter. Plötzlich wurde ich verlegen – ich trug nur ein Nachthemd! Doch dann wurde mir klar, dass er nach einem Verband suchte. Das letzte Mal hatte er mich tödlich verwundet gesehen und aus irgendeinem Grund gerettet. Wollte er sich davon überzeugen, dass ich den Überfall überlebt hatte?

Er nickte langsam, ganz so, als sei er zufrieden mit der Erkenntnis, dass ich bei guter Gesundheit schien, und wandte sich wieder zum Gehen. Da wurde mir plötzlich bewusst, dass die Stimmen vor meinem Fenster lauter geworden und nähergekommen waren.

„Ich schwör's, es ist jemand in das Fenster gestiegen." hörte ich die Stimme von Francis und fast im selben Augenblick, wie Chess einen lauten zornigen Ruf ausstieß. Obwohl er vermutlich kein einziges Wort verstanden, die Bedeutung der Worte aber erraten hatte, schwang sich *Ko Ɂìgą̀*, ohne zu zögern, aus dem Fenster.

Sofort brach im Hof ein unglaublicher Tumult los, ich hörte laute erregte Männerstimmen und hastige

Bewegungen, zwei unserer Hofhunde schlugen heftig an, und sogar ein Schuss wurde abgefeuert. Ohne nachzudenken, riss ich einen Stoffumhang von meiner Stuhllehne und schlang ihn mir um die Schultern, während ich barfuß aus meinem Zimmer und durch die Küche in den Hof rannte. Als ich im Freien ankam, waren bereits mehrere Fackeln angezündet worden. Francis, Chess und die anderen Cowboys standen eng in einem Kreis beieinander. Zwei weitere schienen jemanden in der Mitte des Kreises festzuhalten, während ein dritter auf ihn einschlug. Ich eilte hinzu und erkannte, dass sie den Apachen an beiden Armen festhielten, während sie mit Fäusten und Stiefeln auf ihn einprügelten und -traten. *Ko ʔìgą̀* wehrte sich verbissen, aber wirkungslos.

Zwei der im Kreis stehenden Cowboys konnte ich aus dem Weg drücken, gerade als Chess mit grimmiger Miene vom Wagen zurücktrat, auf dem noch ein Rolle Stacheldraht lag. Mit seinen dicken Lederhandschuhen zog er ein langes Stück Draht von der Ladefläche und knotete es am Ende zu einer Schlinge.

„Hängen wir den Bastard auf, machen wir kurzen Prozess!" schrie Chess und trat mit der Drahtschlinge auf den Mescalero zu, während seine Worte dröhnenden Beifall fanden. Ich schrie laut:

„Nein!" und warf mich ohne Zögern Chess entgegen, zwischen ihn und den Apachen. Ich spürte nicht einmal, dass sich mir ein langer Dorn des Stacheldrahtes in den Unterarm bohrte und mir in der Bewegung die Haut aufriss.

„Aber Missy…, was tut ihr denn hier… was…? stammelte Chess völlig überrumpelt, starrte mich in meinem Nachthemd an – den Umhang hatte ich ein paar Schritte vom Kreis der Männer entfernt verloren – und entdeckte dann den Blutstrom, der mir warm und stetig den Arm hinunterlief.

„Missy, ihr seid verletzt, ihr…" stotterte er fassungslos und deutete auf meinen Arm. Ich erfasste den Sinn seiner Worte nicht sofort, sondern hatte nur Augen für den Apachen, der sich trotz zahlreicher Schläge, die er hatte einstecken müssen, immer noch im Griff der Männer aufbäumte.

„Was ist hier los?" donnerte eine Stimme hinter mir, und der Kreis der Cowboys öffnete sich bereitwillig. Mein Vater trat in den Lichtschein der Fackeln, und sein wütender Blick wanderte von Chess, der den Draht in der Hand hielt, über mich, die ich mit einer blutüberströmten Hand im

Nachthemd im Hof stand, bis zu den Cowboys, die das Tötende Feuer festhielten.

Chess fasste sich als Erster wieder, schöpfte tief Atem und sagte mit vor Wut zitternder Stimme:

„Sir, dieser Bastard war im Zimmer eurer Tochter. Francis hat ihn einsteigen sehen, und als wir näher zum Haus kamen, sprang er wieder heraus und versuchte zu flüchten."

Die Entrüstung der Männer war greifbar wie ein Hitzeschleier, und auch mein Vater starrte mit allergrößtem Abscheu auf den Apachen. Dann wandte er sich zu mir. Ich hielt mittlerweile meinen verletzten Arm umklammert und versuchte, die Blutung zu stoppen.

„Ist das wahr?"

Einen kurzen Moment rang ich um Fassung, doch dann war mir klar, dass ich nicht lügen konnte. Zu viele Männer hatten gesehen, dass *Ko ʔìgą̀* wieder durch mein Fenster herausgestiegen war – ich konnte nicht so tun, als ob ich ihn nicht bemerkt hätte. Auch ich schöpfte tief Atem und antwortete:

„Ja, Vater, es ist wahr. Der Mann kam in mein Zimmer…"

Weiter kam ich nicht, denn einige Cowboys schrien vor Wut auf. Eilig fuhr ich fort.

„Aber er kam nur, um nach mir zu sehen."

Noch während ich sprach, wurde mir klar, wie unsinnig meine Worte klangen, deshalb fügte ich rasch hinzu:

„Er hat mich gerettet – aus dem brennenden Haus der Rolfes. Er war es, der meine Verwundung abgebunden und mich hinausgetragen hat."

Schweigen. Ich war mir nicht sicher, ob ich mir selbst geglaubt hätte, wenn ich mich gehört hätte. Ich hielt dem Blick meines Vaters stand und spürte, dass auch alle anderen mich anstarrten. Dass ich nur ein Nachthemd trug, hatten sie schon längst vergessen.

Mein Vater sah vollkommen verwirrt aus und schien gleichzeitig kurz vor einem Wutanfall zu stehen.

„Du behauptest also, dieser Apache hat dich als einzige Person bei dem Überfall gerettet, indem er die von ihm verursachte Verletzung abband und dich aus dem Haus getragen hat, damit du nicht verbrennst?"

„Ja."

Mein Vater holte tief Luft, und während dieser kurzen Pause warf ich ein:

„Ich lüge dich nicht an – es ist die Wahrheit! Ich weiß, was im Haus geschehen ist, ich hätte mich aus eigener Kraft niemals rechtzeitig retten können. Weshalb sollte ich mir eine solche Geschichte ausdenken?"

Die Augen meines Vaters verengten sich, und mit leiser Stimme fragte er:

„So ist dies also einer der Apachen, die das Anwesen der Rolfes überfallen und alle – fast alle – getötet haben?"

Ich fühlte, wie mir alles Blut aus den Wangen wich – das hatte ich nicht gewollt! Das hatte ich nicht beabsichtigt, daran hatte ich nicht gedacht. Aber wie konnte ich dies abstreiten, wenn ich gerade behauptet hatte, dass er mich dort gerettet hatte? Wer würde mir glauben, wenn ich behauptete, dieser eine Apache sei an dem Überfall nicht beteiligt gewesen? Wenn ich meine Aussage von gerade eben widerrief, so wurde *Ko ʔìgą̀* unter Umständen von den wütenden Männern aufgehängt, weil er sich in meinem Zimmer befunden hatte. Blieb ich aber bei der Wahrheit, so wurde er verurteilt, weil er vier Menschen getötet hatte.

Das Entsetzen war mir wahrscheinlich anzusehen, aber mein Vater achtete nicht mehr auf mich.
Er wandte sich an Francis:

„Schick sofort einen Boten nach Fort Stanton und
benachrichtige Major Rolfe. Wir halten den Bur-
schen hier fest, bis er kommt! Rasch!"

Einer unserer Cowboys trat sofort zu Francis, um
sich als Bote zu melden, und nur Augenblicke später verschwand er im Stall.

„Dann glaubst du mir also, dass er mich gerettet
hat?" fragte ich meinen Vater atemlos.

„Die Soldaten fanden dich im Freien…"

„Ich hätte nie im Leben nach draußen kommen
können! Ich wurde noch in der Hütte ohnmächtig,
sah gerade noch, wie die Einrichtung Feuer fing!"

„Mag sein, dass du recht hast. Solange du bestä-
tigst, dass dieser Mann bei dem Überfall dabei
war…"

„Er hat mir das Leben gerettet!"

„Deshalb wird Chess ihn auch nicht mit dem Stacheldraht aufhängen, sondern wir überantworten
ihn der Gerichtsbarkeit!"

„Dort wird er auch verurteilt!"

Mein Vater antwortete nicht mehr, sondern
wandte sich um und schritt zum Haus zurück. Un-

terdessen fesselten Chess und Francis *Ko ʔìgą̀* mit einem Rohhautlasso an Händen und Füssen und schleppten ihn in einen leerstehenden Schuppen – unwillkürlich folgte ich ihnen. Dort warfen sie ihn zu Boden, schlangen das Ende des Lassos um einen niedrig aus der Wand hervorstehenden Haken und überprüften noch einmal die Riemen. Bevor sie den kleinen Raum verließen, rammte Chess dem Apachen seine Stiefelspitze in den Magen und knurrte:

„Du verdammter Bastard!"

Dann sah er mich vor der Türe stehen, öffnete den Mund, um etwas zu sagen und fand keine Worte. Er schüttelte nur den Kopf, trat ins Freie und teilte Wachen ein. Allen schärfte er ein, den Gefangenen für keine Sekunde aus den Augen zu lassen. Dann verschloss er die Türe des Schuppens, übergab dem ersten Wachposten den Schlüssel und trat zurück zum Wagen, um den restlichen Stacheldraht abzuladen.

****

Zurück in meinem Zimmer wusch ich meinen blut-überströmten Arm und verband ihn nachlässig, meine Gedanken rasten. Was sollte ich tun?

Ko ʔìgą̀`s und mein Leben waren miteinander verbunden, ineinander verschränkt. Ich konnte seinen Tod nicht zugeben, ich konnte ihn nicht sterben lassen. Aber wie sollte ich dies verhindern? Ihn aus dem Schuppen zu befreien, würde mir niemals gelingen. Keiner der Cowboys brachte genug Verständnis für meine seltsamen Ansichten auf, um mir den Schlüssel zu geben und den Apachen entkommen zu lassen. Und wie sollte es mir gelingen, den Wachposten durch eine List abzulenken? Es waren genug andere Männer auf der Ranch, die auf ungewöhnliche Vorkommnisse reagieren konnten, als dass der Wächter des Apachen seinen Platz verlassen würde.

Unwillkürlich fasste ich mir mit beiden Händen an die Stirn, und durch die Bewegung fegte ich unabsichtlich eine kleine Porzellanschale von meiner Kommode. Die Schale schlug auf dem Holzboden auf und zerbrach. Seufzend bückte ich mich, um die Scherben aufzuheben. Dabei fiel mir ein scharfer Splitter auf, nur so groß wie mein Daumennagel und flach. Ich wog ihn in der Hand und überlegte. Schließlich legte ich alle anderen Scherben zu einem Häufchen auf die Kommode, nur diesen Splitter behielt ich auf mein Nachttischchen.

Ich schlief schlecht in dieser Nacht. Ständig schreckte ich hoch, weil ich glaubte, der Morgen sei gekommen, und ich hätte die Ankunft der Soldaten verpasst. Beim ersten Schimmer des Morgens verließ ich mein Zimmer, den kleinen Splitter in einer Tasche meines langen Kleides. Maria, die die Ereignisse der letzten Nacht schon längst von den ersten Cowboys, denen sie Frühstück gemacht hatte, erfahren hatte, blickte mich neugierig an. Doch da ich ahnte, dass mein Verhalten wieder einmal allgemein große Verwunderung hervorgerufen hatte, schwieg ich. Wie oft hatte ich schon versucht, die Wahrheit zu sagen, und nie hatte es mir jemand geglaubt.

Ich saß gerade bei Kaffee und Eiern am Tisch, da hörte ich Hufschlag und stand sofort auf. Als ich auf die Veranda trat, ritten Major Rolfe und acht weitere Soldaten in unseren Hof. Sie führten ein leeres Handpferd mit sich. Francis öffnete gerade die Türe zum Schuppen und verschwand im Inneren. Major Rolfe stieg ab, als er mich sah, und zum ersten Mal seit langer Zeit bemerkte ich den Anflug eines Lächelns auf seinen Lippen. Ein wenig bitter dachte ich, dass wohl die Verhaftung des Apachen ihn zum Lächeln brachte, weniger meine Anwesenheit. Dennoch lächelte auch ich höflich, als er meine beiden Hände fasste und mir dankte, dass ich einen der Mörder seiner Familie identifiziert hatte. Diese Worte schlugen in mir ein wie eine Faust.

Nun trat Francis mit *Ko ʔìgą̀* heran und stieß den Apachen, der nun nur noch an den Händen gefesselt war, zu dem Handpferd. Zwei Soldaten schoben ihn hinauf und banden ihm die Füße unter dem Bauch des Pferdes zusammen. Dann nahm einer der Soldaten die Zügel des Pferdes und führte es in die Mitte des Zuges. Major Rolfe wandte sich nun an meinen Vater, doch ich achtete nicht auf das Gespräch. Langsam und schlendernd näherte ich mich den Soldaten, nickte hie und da einem der Männer freundlich zu und spazierte zwischen den Pferden umher, bis ich ganz dicht neben *Ko ʔìgą̀* stand. Die rechte Hand hatte ich in der Tasche fest um den Splitter gekrampft, mit der Linken strich ich dem Pferd über den Hals. Und ohne den Gefesselten anzublicken ließ ich den Splitter in den hohen Lederschaft seines Stiefels fallen. Augenblicklich ging ich weiter und kehrte in einem weiten Bogen zur Veranda zurück.

Im Gesicht des Mescalero zuckte kein Muskel, nicht einmal ein Wimpernschlag verriet, dass er etwas wahrgenommen hatte. Aber ich hoffte sehr, dass er diese kleine Chance nutzen konnte, um sich zu befreien. Absichtlich hatte ich ihm kein Messer zugesteckt, da ich sonst befürchten müsste, dass er töten könnte, um freizukommen. Doch diese scharfe Scherbe konnte ihm nur die Fesseln lösen, wenn sich eine Gelegenheit dafür bot.

Wenig später ritten die Soldaten ab. Ich folgte der Gestalt des Gefesselten, solange ich konnte, mit den Augen, dann betrat ich unsere Küche. *Bleib am Leben.*

(Wird fortgesetzt)

McKittrick Cañon, Guadalupe Mountains, New Mexico
(©VE)

NACHWORT

Seit über 10 Jahren reise ich regelmäßig nach New Mexico, um dort über die Kultur und Geschichte der Mescalero Apachen zu lernen. In der ersten Zeit war ich hauptsächlich auf der Suche nach realen Freundschaften zwischen Mescalero Apachen und US-amerikanischen Siedlern. Das Ergebnis ist eine umfangreiche Publikation,[4] die diese Geschichten beschreibt.

Doch auch wenn die Handlung dieses Romans erfunden ist, hätte eine Begegnung dieser Art stattfinden können. Tatsache ist, dass es nicht nur in der zweiten Hälfte des 19. Jahrhunderts zahlreiche freundschaftliche Kontakte zwischen Siedlern und Apachen gab. Die verschiedenen indianischen Stämme bekämpften die spanischen, mexikanischen und amerikanischen Eindringlinge erbittert, aber immer wieder schenkten Menschen beider

---

[4] Ederer 2023

Kulturen den anderen ihr Vertrauen und ihre Freundschaft.

Es waren einzelne Personen oder Familien, die so handelten, aus tiefer Überzeugung und oft im Gegensatz zu der herrschenden Meinung. Wenige ihrer Namen sind in der gängigen Literatur über die Apachen, die fast nur den Kriegszustand betont, erwähnt.

Vor allem Menschen, die nah bei den Apachen lebten oder ihnen oft begegneten, wie Pioniersfamilien, Händler, Priester und auch Angehörige der Armee, bildeten sich je nach ihrem persönlichen Hintergrund eine eigene Meinung. Verschiedene Siedler halfen den hungernden Apachen mit Lebensmitteln aus, verteidigte sie oder leistete medizinische Hilfe. Barbara Jones, eine frühe amerikanische Siedlerin im südlichen New Mexico, half einer verzweifelten Mescalero-Mutter, einen kranken Säugling zu heilen und rettete ein Mädchen der Mescalero vor den Nachstellungen durch Soldaten. Zweimal entdeckten ihre Kinder und sie verwundete Mescalero und pflegten sie. Einmal verbargen sie sogar einen flüchtige Apachen vor Texas Rangern.

Die Familie Blazer trug unmittelbar zu einer friedlichen Beilegung der Konflikte zwischen der

Armee und den Mescalero bei. Joseph Blazer, den eine tiefe Freundschaft mit dem Mescalero-Anführer Santana verband, beschenkte nicht nur hungernde Apachen mit Nahrung, beschäftigte viele Männer in seiner Mühle und half ihnen bei Krankheiten. Als einer der wenigen Amerikaner lebten seine Familie und er ständig auf der Reservation. Sein Urenkel heiratete später sogar in den Stamm ein. Viele seiner Nachfahren versuchen als Mitglieder im Stammesrat oder als Tribal President die Situation der Apachen heute zu verbessern.

Für die Gruppe der Chiricahua Apachen ist die Freundschaft zwischen dem Anführer Cochise und dem Indian Agent Thomas Jeffords berühmt geworden, die auf gegenseitiger Anerkennung und Hilfeleistung beruhte. Andere Geschichten, wie die von George Wratten, der als junger Amerikaner die kriegsgefangenen Chiricahua nach Florida, Alabama und Oklahoma begleitete, ihnen als Dolmetscher zur Seite stand, eine Chiricahua heiratete und ihnen praktisch sein ganzes Leben widmete, sind wenig bekannt. Diese Biografien zeigen, ohne die Konflikte zu verheimlichen, die andere Seite des Krieges.

Weiterführende Literatur:

Ball, Eve
1969   Ma'am Jones of the Pecos. The University of Arizona Press.

Ball, Eve (with Lynda A. Sánchez & Nora Henn)
1980   INDEH. An Apache Odyssey. Provo.

Blazer, Almer N.
1999   Santana. War chief of the Mescalero Apache. Taos.

Breuninger, Evelyn
1982   Mescalero Apache Dictionary. Mescalero.

Brister, Louis E.
2005   Neun Jahre unter den Indianern. Gefangenschaft und Leben eines Texaners unter den Indianern. Gelnhausen.

Brown, Dee
1958   The Gentle Tamers. Women of the Old Wild West. Lincoln & London.

Cave, Dorothy
2011   God's Warrior. Father Albert Braun, OFM 1889-1983. Last of the Frontier Priests. Santa Fe.

Dowlin, Kenneth E.
2013   Noisy River. The Saga of Captain Paul Dowlin. Bloomington.

Ederer, Veronika
2023   Die andere Seite des Krieges. Auf Spurensuche im Apachenland. München.

Edmonson, Munro S.
1958   Status terminology and the social structure of North American Indians. The American Ethnological Society. Seattle.

Eidenbach, Peter L.
2012   An Atlas of Historic New Mexico Maps 1550-1941. Albuquerque.

Farmer, Michael W.
2017   Apacheria. True stories of Apache life 1860-1920.

Farrer, Claire R.

2011   Thunder rides a black horse. Mescalero Apaches and the mythical present. Long Grove.

Goodwin, Grenville

1942   The social organization of the Western Apache. Chicago - Illinois.

Graziano, Frank

2022   Identity in Captivity. Becoming Apache and Comanche. Independently published.

Jamerson, W.C.

2007   Legend and lore of the Guadelupe Mountains. Albuquerque.

Lane, Lydia Spencer

2001   I married a soldier. University of New Mexico Press.

Mails, Thomas E.

1974   The people called Apache. Englewood Cliffs.

Mehren, Lawrence Lindsay

1969   A History of the Mescalero Apache Reservation, 1869-1881. Master thesis Department of History, University of Arizona.

Opler, Morris Edward

1950   Mescalero Apache History in the Southwest. In: New Mexico Historical Review. Vol. 2, No. 1. 1-36.

1941   An Apache lifeway. The economic, social, and religious institutions of the Chiricahua Indians. Chicago - Illinois.

1983a   Mescalero Apache. In: Ortiz, A. (Vol. ed.): Handbook of North American Indians. Vol. 10. Southwest. Washington. 419-439.

1983b   The Apachean culture pattern and it's origins. In: Handbook of North American Indians. Vol. 10 Washington 1981; 368-392.

2002   Apache Odyssey. A journey between two worlds. Lincoln & London.

Opler, Morris Edward & Hoijer, Harry

1940   The raid and war-path language of the Chiricahua Apache. In: American Anthropologist Vol. 42: 617-634.

Perry, Richard J.

1993   Apache reservation. Indigenous peoples and the American State. Austin.

Robinson, Sherry

2000   Apache Voices. Their stories of survival as told to Eve Ball. University of New Mexico Press Albuquerque.

Sánchez, Lynda A.

2009a   Fort Stanton. An illustrated history. Ruidoso.

2014   Apache Legends & Lore of Southern New Mexico. From the Sacred Mountain. Charleston.

Santiago, Mark

2011   The Jar of Severed Hands: Spanish Deportation of Apache Prisoners of War, 1770-1810. University of Oklahoma Press.

Sonnichsen, C.L.

1986   The Mescalero Apaches. University of Oklahoma Press.

Stockel, Henrietta

1991   Women of the Apache Nation. Reno – Las Vegas.

2000   Chiricahua Apache Women and Children. Safekeepers of the Heritage. Texas A&M University Press.

Szasz, Margaret Connell

1994   Between Indian and White Worlds. The Cultural Broker. University of Oklahoma Press.

The story of Bosque Redondo. New Mexico Department of Cultural Affaires.

Thrapp, Dan L.

1988a   Encyclopedia of Frontier Biography. Vol. II; G-O. University of Nebraska Press.

1988b   Encyclopedia of Frontier Biography. Vol. III; P-Z. University of Nebraska Press.

Tularosa Basin Historical Society

1981   Otero County Pioneer Family Histories Vol. 1. Alamogordo.

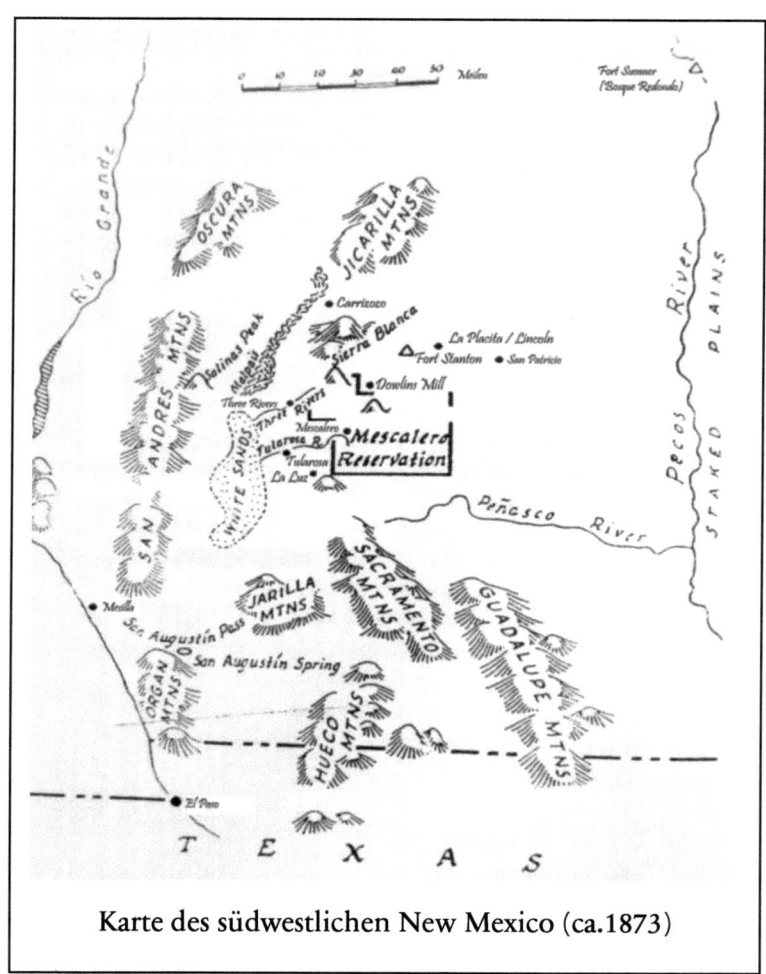

Karte des südwestlichen New Mexico (ca.1873)